大方
sight

［墨西哥］阿尔瓦罗·恩里克　著
郑楠　译

Muerte súbita

突然死亡

Álvaro Enrigue

中信出版集团 · 北京

图书在版编目（CIP）数据

突然死亡 /（墨）阿尔瓦罗·恩里克著；郑楠译.
-- 北京：中信出版社，2018.7
ISBN 978-7-5086-8432-1

I. ①突… II. ①阿… ②郑… III. ①长篇小说-墨西哥-现代 IV. ①I731.45

中国版本图书馆 CIP 数据核字（2017）第 302154 号

突然死亡

著　　者：［墨西哥］阿尔瓦罗·恩里克
译　　者：郑　楠
出版发行：中信出版集团股份有限公司
（北京市朝阳区惠新东街甲 4 号富盛大厦 2 座　邮编　100029）
（CITIC Publishing Group）
承 印 者：山东鸿君杰文化发展有限公司

开　　本：880mm×1230mm　1/32　　印　　张：9　　字　　数：165 千字
版　　次：2018 年 7 月第 1 版　　印　　次：2018 年 7 月第 1 次印刷
京权图字：01-2017-8561　　广告经营许可证：京朝工商广字第 8087 号
书　　号：ISBN 978-7-5086-8432-1
定　　价：49.00 元

致小瘦子路易塞利

致加西亚家的玛雅、米基、迪

致埃尔南·桑切斯·德·皮尼约斯，那个教我阅读的人

自　序

有关“网球”一词最早的记录里并未提到为此项运动设计的球鞋，而仅仅描述了运动本身。网球和它的大表兄击剑一样，都是最早要求参赛者穿专业球鞋的运动。

1451 年，英国埃克塞特主教埃德蒙德·莱西在评价此运动时用拉丁语说道：“网球就是一种将球掷来投去的贱民运动。”他强忍愤怒，与我母亲提起我儿时那双快散架的匡威网球鞋时的态度，如出一辙。莱西主教在法令中用到的“tenys”这个白话字眼让人联想到法院案宗中某些形容，透着一股酸臭气——“辞藻粗俗的诽谤，空口无凭的侮辱，非法出格的争端”。

但在埃克塞特的圣玛丽教堂里，新来的神职人员早已将修道院里带顶棚的走廊占为己用，和镇上的年轻人打起了球赛。那个年代的网球赛[1]和现在比起来，更为暴力喧闹：一拨人攻，一拨人守，不立网不设界，竭尽全力才能赢得比分，猛地一掷，球入发球方一侧场地尽头的看台，得分。这项运动最初由地中海的修道士发明，带着救赎的意味：进攻一方是天使，防守一方则是魔鬼。比赛关乎死亡与来世。网球如同徘徊于善恶之间的灵魂，挣扎着试图跻身天堂；而撒旦的使者则奋力拦截。灵魂被揪扯得支离破碎，犹如我的网球鞋。

生性好斗的巴洛克画家米开朗琪罗·梅里西·达·卡拉瓦乔是这项运动的狂热爱好者。因在网球场剑刺对手，他在流亡中度过了人生最后的日子。事发之地至今仍保留着街名“网与球之街”，以纪念当年那场纷争。卡拉瓦乔因此被判决斩首于罗马，但侥幸逃脱，后辗转于那不勒斯、西西里和马耳他岛等地。除了受人委托的创作之外，他在工作间隙还绘制了一批以斩首为题材的血淋淋的画作，而画中的被斩首者的面容竟是画家本人，令人毛骨悚然。卡拉瓦乔将这些画作寄给了教皇及其手下，象征性地服罪以求宽恕。38岁那年，画家终于被恕罪，但在途经埃尔科莱港返回罗马的路上，被马耳他骑士团

① 网球的起源可以追溯到12—13世纪的法国，当时在传教士中流行着一种用手掌击球的游戏，方法是在空地上拉一条绳子，两人隔着绳子用手掌将布包着头发制成的球打来打去。这种运动不仅在修道院中盛行，而且也出现在法国宫廷。——译者注，下同

派来的杀手刺死在托斯卡纳沙滩上。虽然他执刀剑像拿画笔和球拍一样顺手，但是梅毒导致的精神错乱以及铅中毒使得他无力还击。也就是说，正是这场莱西主教口中的“非法出格的争端”令他丢了性命。

几年前我参加了某个书展。这个书展和其他三十多万个书展一样，每周在西班牙语各国举行。当地的一位文学评论家认为我不可理喻，按捺不住给我写了一篇檄文。因为没有时间和精力细读完我的作品并逐段分析，他只得在博客中写道：“这位作家居然穿着双破网球鞋就来书展了，他怎敢以此面貌示人？”这话可真是“空口无凭，非法出格”！

那些自诩权威的人士对网球以及网球鞋的批评和鄙夷司空见惯。我对正值青春期的儿子的那双阿迪达斯也时不时表示不满，就像开空头支票一样随意。我们痴迷网球鞋，甚至在雨天都穿它们上街，对别人来说就是一种折磨。权势阶层恨之入骨，但网球鞋也对他们的呼来喝去置若罔闻。

当这部书以西语首次出版时，我的挚友，一位加拿大作家把这个消息告诉了他的父亲。老人万分欣喜，因为他一直认为虚构类文学欠室内网球一部小说。他不懂西班牙语，但是他的法语和意大利语都流畅得很，所以读起这部我用母语写成的小说丝毫不成问题。他从西班牙订了一本，并在字典的帮助下读完了。身为作家，我对此感到无比荣幸，虽然我并不确定朋友的父亲是否喜欢这本书。他给我写了一封信，长达六页：他试图将我从个人想象中拯救出来，在信里指出我为此书编造的所有违背自然规律的、不可能实现的情况，以及种种臆想出来的网球规则。由此封信可以证明，阅读才是真正的艺术，写作却不是。这封信是对忠诚的美好见证：儿子的朋友便是自己的朋友。关于小说中的一些情色场景，他写道："现在我可算知道你为什么和我儿子是朋友了。"这句话指明了，我和我朋友是一丘之貉。如果老人之前和我相识，他会原谅我的缺点，就像原谅他儿子那样。另外，这封信字里行间充满了权威感。这种权威感并非源于年龄或者地位（我也年过四十，已为人父），而是来自第一手知识。书中的人物打的是一种规则不明的古老室内网球（pallacorda），但是那种留在身体里的记忆，那种将球拍握在手中、网球弹向地面的手感，令我朋友的父亲以现实主义之名作出如上断言。但本书中唯一真实的，是构成这部小说的字字句句，还有印着黑字的张张白纸。它们在读者脑中所勾起的，是由各种移动着的物体组成的、私密而独特的景观。而这些物体只有一个共同点：它们并不存在。小说所描述的一场球赛仅仅和小说有关，和现实无关。就算如此，我们还是试图断言（就像我朋友的父亲那样），纸上的某些事情是为了令人信服而写，某些却不是。就好像是一个网球从小说人物的手中落下，从书中弹出来逃到地面上，滚到我们的网球鞋旁，停住。

在英国文艺复兴喜剧《向东方去！》[①]的开场中，一个叫水银的仆人步入舞台，身披斗篷，脚穿便鞋。这是一双用厚实的羊毛毡做底的拖鞋，也是我们网球鞋的鼻祖。水银的主人见年轻人穿着如此不堪，担心他一不留神便堕落到与无耻之徒、赌棍和刺客无异的境地，就掀开了他的斗篷。而水银腰间，却别着一柄剑和一只球拍。那些看见别人穿运动鞋便以为可以窥见其本性缺陷的权威人士，这不又多了一位：母亲、父亲、评论家、主教，和主人。

当皮鞋的鞋面不再光鲜，我们将它们送到鞋匠那里令其焕发新生，而翻新后的外表往往带着伤感，如同经过整容手术后的面庞。网球鞋则是独一无二的：一旦破损便无法补救，它的价值就在于那些疤痕，那些我们走错的路留下的疤痕。我人生中的第一双匡威鞋便经历了突然死亡。一天我放学回家，发现母亲已经将它们丢了出去。

在墨西哥，形容某人过世，我们会说“他的网球鞋被挂起来”，或是“拽着他那穿着网球鞋的双脚，把他拖出门”，我并不认为这种说法是个巧合。我们就是我们，不断垮掉，彻底完蛋。我们穿着网球鞋。我们弃善趋恶，从幸福飞向责任，抛开嫉妒，投向性爱。灵魂被球拍从网球场的一端击向另一端。这，就是发球。

---

① 《向东方去！》（*Eastward Ho!*）由三位英国剧作家约翰·马斯顿（John Marston）、乔治·查普曼（George Chapman）和本·琼森（Ben Johnson）写于1605年，并在同年被搬上舞台。三人也因在剧中讽刺詹姆士国王而被捕入狱。

第一盘第一局

他将球握在左手的拇指、食指和中指之间，感受着网球的皮质表面。球在地面上弹击，一下、两下、三下，右手转拍。他花了些工夫打量球场的大小，正午的阳光刺眼，令宿醉的他更加难以忍受。他深吸一口气——即将开盘的比赛将是场生死之战。

他擦去额头上的汗珠，继续把玩左手指间的球。这球很少见：颇为破旧，使用过多次，比正常尺寸小一些，从结实程度看毫无疑问是法国制造；和他以往常玩的西班牙制造的空心网球比，这枚弹力更猛。他看了看脚下，鞋尖将球场边界的石灰线蹭花。他一条腿比另一条短，跛着身子挨到线后：这一身体“特征”反而令其御剑本领无人能敌，令敌人猝不及防，玩球时何不加以利用？

他听见球网的另一端等他发球的对手发出一阵狂笑，对方边上的一个下流坯子嘟囔了几句意大利语。那伙人当中有一个男人有些面熟：鼻子格外扎眼，红胡子，眼神忧郁，和圣王路易堂最近高调购入的那幅《圣马太蒙召》中的税吏马太简直是一个模子刻出来的。他将球抛向空中，大喊一声“接球！”他使出全身力气，那一瞬间感到羊肠编制成的球网紧了一下。

对手死死盯着飞向观赛边廊顶棚的球。球击中了边角。西班牙诗人笑了：首局开球就是致命一击，令对方无力招架。来自意大利伦巴第的对手过于自信了，以为这个跛子怎么也不会是他的对手。诗人扯着他那副卡斯蒂利亚人尖嗓子快声喊道：“跛子总比娘娘腔强！”那声音能穿透墙壁、击穿内心。但是球场的另一侧无人回应他的这句讥笑。站在边廊里的公爵冷眼旁观，笑得狡诈。

几年后，这位公爵，也就是诗人这方的司线员，被御封为西班牙大公。但 1599 年秋天之前，他仅仅是个只知挥霍身体的家伙，他败坏家族名声，令妻子担惊受怕，还惹恼了国王亲信。他又矮又壮，莽撞大胆，圆圆的脸上一个滑稽的尖鼻子。柚子籽般的一对小眼睛，就算心存善意也透着讥讽。短短的卷发，假惺惺的胡子，怎么看都像个傻子。他带着惯有的嘲讽鄙夷的态度，坐在边廊连拱屋檐下关注着比赛。比赛中，发出的球只有击中他脑袋上方的棚顶才能称得上好球。

伦巴第人占据底线后球场的中央位置，俯身蓄势待发，等待西班牙人发出的球弹过来。陪在伦巴第人身边的那一伙人这回不吱声了，透着股敬意。西班牙诗人再次发球，再次得分。球落在接近西班牙人这一侧的边廊顶棚的位置，对手死都接不住。公爵大声宣布比分："三十比宁！"虽然他把"零"念成了"宁"，那帮意大利人还是听得明明白白。

西班牙人信心大涨。右手心在马裤上蹭干，左手转球。手上的汗水正好利于打出下旋，免去了啐口水的麻烦。出汗不是因为天热，而是源于燥火：这燥火惩罚着那些醉酒未清醒之人，将他们打入战栗的炼狱。他活动活动脖子，闭上双眼，袖子蹭蹭嘴巴。他攥紧手中的球，这不是一只普通的球，它有些不寻常，更像是护身符。他想也许正因如此，他的发球势不可挡。那他也要小心了：待会轮到他防守时，不能让更熟悉此球的对方，也就是球的主人，觉察出他发球常胜不败的奥秘。

诗人握紧球拍，将球抛起。"接球！"击球之猛，令他恍惚觉得，自己的病腿落回地面的刹那，地球自转都变慢了微秒。球落在边廊的顶棚上，轨迹无法预测。伦巴第人奋力伸展了全身的筋骨才接到。西班牙人想速战速决，但是没能得逞。记分未完，万幸的是，球击中了柱子，反弹后他将球打向另一侧球场的尽头。此策略虽好，但是这一套动作太耗费时间和体力，唯有出其不意的招式才能助他与对手相匹敌。对于伦巴第人来说，向后跃抽球并不成问题，这回击却令诗人无力招架。

"三十比十五。"公爵大声喊道。伦巴第人那边的司线员，一个寡言老成的数学教授，是他的随从里最谨慎的一位。数学教授钻进场子，用粉笔在球弹落的位置标了一个十字记号。标记之前，他转身看了一眼西班牙人的司线员。公爵冷漠地耸耸肩，确认标记无误。

诗人没有立即回到原位。他趁数学教授在场上做标记的工夫，跑到边廊那里。“他那记抽球漂亮极了，”当他靠近时，公爵说道，“凭你最好的状态也接不到。”诗人鼓起腮帮子，喷出一大口气，发出一声鼾响。“我不能输。”他说。“对，你不能输。”公爵表示赞同。

两人争夺第四个比分的过程漫长而艰难。西班牙人几乎贴墙防守，应对飞来的球如同应对一支军队的围攻。“进攻！进攻啊！”公爵时不时喊道，但是敌手的勇猛使得西班牙人前进一步又后退两步。在孤注一掷的关头，他不得不背过身去才能拦截对手击出的抽球。这招虽然炫目却不实用。伦巴第人接住之后又是一击长球，杀向西班牙人身后的墙壁。球险些入看台，球若是进了，伦巴第画家便自动赢得此局。“平分！”公爵大喊。“平分！”教授用意大利语确认道。西班牙人再发球，正中边界。球在界内，无人能接。“四十五比三十。占先！”西班牙贵族喊道。另一侧的数学家表示默许。

赢得下一个比分，凭借智慧多于力量。诗人这次没有退到墙角，反倒将画家逼得无路可退——一招近球将他击败。“第一局结束！”公爵高声说。“西班牙胜出！”教授也高声用意大利语喊道。

规则

“网球”（raqueta）：类似于手球的一种球类运动。一方防守，另一方进攻，随后调换。如果出现平分，则通过抢球来决定第三回合中哪方防守，哪方进攻，此回合根据“突然死亡”制决定胜负。发球时，网球必须击中球场边的边廊斜顶，球从同样的位置落向对方，后被对方击回。“raqueta”一词也指运动中使用的球拍，由木头组装而成，中间球网用结实的肠线织成。使用者握住拍柄，球随被击中后产生的冲力在球场两端往返，极为迅猛。比赛实行记分制，击球入发球方一侧看台者赢得一回合。连续赢三回合或总计四个回合，则赢得比赛。

《权威词典》[①]

1726年，马德里

① 1726至1793年间，西班牙皇家学院（Real Academia Española）出版了《卡斯蒂利亚语词典》，也被称为《权威词典》（*Diccionario de autoridades*）。

斩首（一）

1536年5月19日早晨，让·洪博接手了史上最糟糕的差事：一刀斩下彭布罗克女侯爵、英格兰王后安妮·博林的脑袋。正是因为这位美人儿，狭窄的多佛尔海峡竟然变得宽广如大西洋，成为英国和欧洲其它国家之间的一道鸿沟。亨利八世手下臭名昭著的大臣托马斯·克伦威尔把洪博从法国远道召唤来就是让他操刀。克伦威尔在一封简短的书信中写道，鉴于任务十分棘手，要求刽子手带上他那把铸工精良的托莱多剑。

洪博并非如意之选，这项任务也并不是非他不可。他外表英俊但为人下作，带着冷冷的幽默混迹于文艺复兴宫廷中由技能非常者组成的小圈子，他们在外交使节、内阁官员、内务大臣、皇室佣侍放任的眼皮底下发展兴盛。话少、貌美、胆大，这些特征让洪博自然而然地成为应对此类事件的绝佳人选：所有人都知道发生了什么，但是所有人都闭口不谈；这种暗地里的勾当，没有了它们，政治权术也无从谈起。洪博的穿着品味让人怎么也想象不到他是一个杀人天使：昂贵的戒指，繁复锦缎织成的加尔松短裤，宝蓝色天鹅绒衬衫。而他和华服好不相配，因为他不论在什么场合、什么情况下都是个贱胚子。他披散着的棕色头发里混杂着缕缕金发，头发上别着的各色土气又廉价的宝石都是从情妇那里顺来的。他要着各色武器，凭借上帝赐予的一身本事让情妇们服服帖帖。没有人知道他的沉默是因为聪颖还是因为愚钝。他那深蓝色的双眸，眼角微微下垂，在他眼中永远都察觉不出同情，但也看不到敌意。此外，洪博是个法国人，对他来说，处死英格兰王后并非罪孽或者功绩，而是一份责任。克伦威尔之所以唤他来伦敦也是出于这个原因，因为洪博会把任务执行得干净利索。

斩首王后于托莱多剑而非钝斧之下的决策者并非亨利国王。王后的弟弟被赐死于第二种方式，他的罪名是与王后同床。仅这一项罪名便可以让他被赐死三次：欺君、通奸、有伤风化。所有人都不愿看见王后的美颈在钝斧下受罪，连托马斯·克伦威尔这种臭名昭著之徒也于心不忍起来。

1536 年 5 月 19 日上午，安妮·博林参加了弥撒，做了忏悔。在被移交给绿塔的卫兵长之前，她请求让她的随身女侍剪掉她浓密的红发，并将剩下的头发剃净。在流传至今的各种肖像画中，包括仅有的那幅传闻完成于博林在世时的作品（这幅画被收入赫弗城堡的都铎画像馆），画中人都有着一头惹人注目的卷发。

寝宫似乎抑制了亨利八世的性欲。在种种龌龊的婚外情中神勇的他，传宗接代的皇室责任却执行不力。没有人比彭布罗克女侯爵更清楚此事。在郊外一次欢爱后，她怀了他的孩子，当时亨利和前任王后的婚姻还未结束。他们俩有了一个和她一样美丽的女儿。国王对她的爱惊天动地，程度与其杀人成性的暴虐如出一辙。安妮·博林走向断头台的那一刻，对于女儿伊丽莎白登上王位的成功概率清楚得很，最终她的确成功了。所以在献身于死神时，她表现出计划得逞后的欣慰。面对众多见证她死亡的围观者，她生前最后一句话是："我祈求上帝救赎我的国王并庇护他长治英格兰，因为从未有任何一位王子有他那般宽恕仁慈之心。"

为何赤裸的身体，这令众生平等的伟大之物，让我们变得疯狂？应该只有赤身的魔鬼才能激起我们的欲望。但这众人皆有的凡人之躯，竟令我们内心躁动。踏上断头台之前，陪伴服侍博林的女侍们已经将她的衣领摘下，项链也被取下。在她们看来，虽然王后被摘下面纱，取下发饰，但她的美色并未损减一丝一毫。削发的王后，和之前一样迷人。

王后泛着幽幽蓝光的玉颈在等待这致命一剑时不停地颤抖，这一幕令洪博动容。据当时一个围观者讲，这位赏金杀手怜香惜玉，想要猛地向裸露着香肩、光着头颅的博林落下致命一剑，出其不意。他高举利剑，随时准备好砍向王后的玉颈，却又故作轻松地问道："有人看见我的剑了吗？"那女人微微晃了下肩膀，以为还有逆转命运的希望，松了口气。她闭上双眼。她的椎骨、软骨、气管和咽部的海绵状组织在身首异处的瞬间发出的声响，如同开红酒时软木塞砰地从瓶身射出般优雅。

让·洪博完成任务后，拒绝了托马斯·克伦威尔赏赐给他的一袋子银币。当着众人的面，他盯着这个计谋得逞成功废黜了王后的男人的双眼说道，他接受这个任务的原因，是不忍心让一位贵族女士经受刽子手的钝斧，这死法太过残忍。他侧身向目睹了行刑的众位大臣和教士行礼致意后，立刻快马加鞭回到多佛尔。在今晨早些时候，卫兵长已把英格兰王后的浓密秀发装进了他马背上的鞍囊里。

洪博对网球十分痴迷，因此王后的头发足以作为他的报酬。在断头台被行刑的人的头发有某种特殊价值，这使得它在巴黎的网球制作者之间颇受欢迎，高昂的价格直冲云霄。女人的头发会卖出更好的价钱；红色的更贵；而当朝王后的头发无疑超乎想象。

安妮·博林的头发最终被制成了四只网球，成为文艺复兴时期最奢华的运动用品。

关于网球运动的高贵性

首先，人们需要知道网球这项运动是为尊贵和理性而生。所有高贵的艺术均应如此，以自然为模板，经一番研习才能学成。需要注意的是，发明运动的先人智者考虑到最孱弱无力、面色苍白的年轻人都会追捧这项运动，便巧妙设计以避免对球手造成伤害。本文后面会陆续提到，为防止受伤，球手并非在空中直接击球，而是等球落地弹起后再打出。同理，接球者等待球从地面弹起，并计算下一步得分是否有效。如一方意欲占先，必须表现出必要的礼貌和体谅的态度，允许对方有时间恢复精力。

安东尼奥·斯卡伊诺，《网球运动论著》[①]

1555 年

① 《网球运动论著》（*Trattato del giuoco della palla*）由意大利哲学家安东尼奥·斯卡伊诺（Antonio Scaino）写于 1555 年，是第一本关于网球运动规则说明的著作。

第一盘第二局

在第二局开始之前，西班牙诗人凑到他的司线员身边。“你的对手很强，也了解球场情况，”贵族说道，“正因为他小看了你，你才赢了第一局。”“可我比他年轻，”诗人说，“我比他有力气。”“但是你一条腿短啊。”“腿短反而是我的优势啊，再加上双倍努力。我应该主动出击吧？”“看他不把你抽得落花流水。”“那我打近球。”“你这样做简直就是在碰运气。不如拖垮他，他明显坚持不了多久，会慢慢放弃抵抗；然后你就可以步步为营，退后，向前，利用边角。”诗人哼了一声，擦擦额头上的汗，手放在臀部，盯着地面，仿佛在等着什么更好的指点。如果没有被宿醉拖累，预测规划这种比赛也并没有那么难。“这场比赛将难分伯仲。”他说。“你可以选择退赛，”贵族说，“但决斗可是你的点子。”诗人看着地面，说：“那我们也可以用剑决斗，速战速决。”公爵摇摇头：“你的丑事够多了，况且他要起剑来像个疯子。”诗人皱起眉头：“论比剑，我还没输过呢。”“所以啊。”“那好吧，我就一分一分把他拖垮吧。”回到场上之前，他又说："你发现他们之间互相不说话吗？""谁们？""他和他的帮手。"公爵不以为然："所以呢？昨晚他俩也互不搭理，我觉得他俩并不是朋友。瞧。"诗人的对手甚至都没有去边廊那里。数学家则专注地看着空气中飘来飘去的灰尘颗粒。

两人的视线自然地转向对手。画家表情沉重严肃，这并没有让两人感到轻松。画家没有之前那么自信了，但也因此更加野心勃勃。在这一刻，这场比赛并非关乎生死，而是胜败；与生死相比，胜败更加复杂并令人难以承受。因为若是用剑决斗，输者连活都活不了，也就不用面对苦果度过余生。

诗人继续打量他的对手。这家伙面色苍白，满脑袋杂乱乌黑的头发根根竖起。浓眉，茂密的胡子乱糟糟地围住深红色犹如阴户般的嘴唇。诗人眯起眼睛继续观察，对方虽然给人一种病怏怏的感觉，但是身体强壮结实得像个士兵。他像是一名起死回生的那不勒斯军团士兵，从阴间杀回来打这最后一场球赛，给活人点颜色看看。"他平常就这副德行吗，还是因为宿醉？"诗人问公爵。"你说谁？""那个画家啊。""不知道，我一直在看那个司线员，"公爵回答道，"你看他。"数学家孤零零地坐在边廊里，打量着赛场，屏息凝神的紧张模样令人不安。他的嘴一直在动。"有什么好看的？""他是个教授。""所以呢？""所以这杂种可不傻，他在算计呢。"诗人嗓子里来了痰，耸了耸肩。他将痰一口啐出："走！接着打！"

诗人从地上捡起球，大喊："可以发球了吗？"对面的怪兽看过来，如同站在亡灵之河的对岸眺望。他点点头，阴沉着脸吹开遮住左眼的头发。他的额头泛光，不是出汗而是出油。西班牙人在发球线后准备好，这时他突然发现其实对手和他的司线员一直在交流：教授掰着手指比画着某种数字序列，时而指上，时而指下，时不时还指指自己。西班牙人挥挥球拍示意自己的司线员，拿球拍指向那两个意大利人。公爵咬紧下颚，有些慌神。西班牙人将球弹在发球线上，然后把球抛向空中："接球！"

发球中规中矩，但是回击甚是野蛮。画家在空中将球截击，用野兽般的蛮力来了个扣杀，球狠狠地砸在诗人脸上。诗人试图自卫，但脖子和脸还是吃了一记重击。"十五比零。"教授高声喊出比分，语气冷静。他尖尖的嗓音像市场里叫卖的小贩，但是听不出一丝嘲讽。

诗人疼得低下头。为防止晕眩他慢慢抬头，捂着痛处，看着对手，期望他对刚才的行为有所解释：他从未见过这样打球的。而画家双手握住拍柄，像是在祈祷。这个动作表示歉意，承认刚才这一击丢了绅士风度和体育精神。公爵皱起眉头（可惜他眉毛少得可怜）。诗人揉揉太阳穴，捡球回到发球线。从诗人准备发球的模样看来，公爵觉得他有些动摇了：他在不停地深呼吸，向球啐口水这个小动作也没有保持应对比赛应有的谨慎。在场的人都没说话。

“接球！”诗人这一球击在边廊屋檐处，几乎擦线而过。他庆幸开球之前吐了口水，使球以一种奇特的方式弹起。伦巴第人没有追击，虽然他本可以接到的。等球停止旋转，他捡起来在短裤上擦干，然后打回。虽然没有出口责备，但从他的神情可以看出他在责怪西班牙人刚才耍了把戏。他这一回应果然起了作用——因为热血方刚打破了绅士规矩是一回事，像个偷偷摸摸的修女一样给人下套则是另一回事，诗人感到自己刚才的举动确实龌龊。公爵也没有计入得分。“重新发球。”他喊道。

球在发球线上弹了一下后，诗人将它抛向空中。“接球！”画家等到球从边廊棚顶落下后，使足了转手三百六十度的力气，大幅挥臂狠狠击回。那狠劲仿佛是他正把钉子钉入耶稣的手腕。球再次直直飞向诗人的脸部，诗人稍加躲避，但球击中了他的头顶。“三十比零！”教授高声喊出比分。

西班牙人被打得眼泪汪汪，脑袋耷拉下来。捡球时，感到一阵晕眩，他蹲下来，揉揉脑袋。他看都不看球场的另一边：对面那帮人野兽般的坏笑若是被他看到，他一定冲过去找他的剑。“这到底是什么意思？”他边起身边惨兮兮地问公爵。“你还在赢呐，伙计。继续打。”“我应该怎么办？”“什么都不用做。继续发球，胜利便是你的复仇。”

诗人捡起球，透着一股不情愿。他根本不信公爵刚才说的那套策略。有很多赢得比赛的方法并不那么痛苦。“继续发球。”公爵坚持道。

“接球！”球落在画家身旁，犹如双手奉上的礼物般恰到好处：它在棚顶弹了两次，不偏不倚地落在了他这一侧球场的中心位置，如同羽毛一般轻盈。当他把球击回给诗人时，直中对手要害。诗人的裆部好像被一块石头砸中。诗人还没来得及看明白这一切，便像一大块硬石般重重地栽在地上。从灰飞烟灭的世界里，他听见数学家大喊：“零分，零分，零分，零分！西班牙人狂胜！”

当诗人抬起头，连公爵都狂笑得直不起腰。更不用提他的对手了，还有那个圣马太，那个数学家，连带他们手下那帮揉着肚子、笑得眼泪横流的废物。

灵魂

法国百科全书编纂者弗朗索瓦·亚历山大·德·加索[①]撰有各种奢侈品的生产说明书，比如假发、内衣、运动物品等被他称为“浅薄的艺术”的物件：正如他在《球拍制造术》第二版中的记录。他在 1767 年仍认为存在两种不同的网球：第一种就是人们口中常说的普通网球，用碎布头和毛线做填充物，用白色的布料缝制外皮；第二种叫皮革球，法语中被称为“éteufs”，也就是直至 17 世纪初西班牙人还常提到的“pellas”一词，用大块的动物脂肪、面粉和毛发制成。

皮革球的外皮沿用了苏格兰人的羊羔皮织法，针韧露在外面，看上去和我们今天使用的棒球相似。第一种布质的网球只能在木板或瓷砖地面的室内球场使用，极易散架，经不住三四次比赛。而皮革球可以重复使用长达几年，且不易失去灵活性，攻击

① 弗朗索瓦·亚历山大·德·加索（Francois Alexandre de Garsault, 1691—1778）是法国植物学家、动物学家兼画家，法国科学院院士。《球拍制造术》（*L'art du Paumier-Racquetier*）著于 1767 年。

性也不会削弱。它专为在修道院地面的细砖和屋顶上弹跃而设计，此外还适用于广场凹凸不平的土地，在这种地方比赛则是为了赢钱。

20 世纪 30 年代，翻新威斯敏斯特教堂主厅屋顶的施工队伍在椽柱上发现了两枚皮革球，确认为 16 世纪制造。球完好无损。填充为芯的头发经鉴定，和博林家族的人并没有什么关联。这倒没什么可惊讶的：在民间流传着众多关于亨利八世恶行的故事，但是没人说过他癖好恶趣味。显然这两只标志着他鳏夫身份的球并不是他买来的，也不是别人送的礼物。

在那本由弗朗索瓦·亚历山大·德·加索所著的启蒙运动时期手册里，找不到任何关于如何使用人类毛发制造网球的文字。也许连他也不晓得，在文艺复兴时期和之后巴洛克盛行的年代，头发在赌球的室外球场被当作流通货币使用。另外，加索这个讲求实际、生性诚恳的教育家，也并非文学爱好者——莎士比亚在《无事生非》中写道，那个无可救药的单身汉班尼迪克脸上毛发浓密，可以被制成若干枚网球。

从威斯敏斯特教堂椽柱网球的相关研究中，以及翻阅安东尼奥·斯卡伊诺在 1555 年撰写的那本洋洋洒洒的《网球运动论著》后得出的线索里，或许可以推测出皮革球球芯和普通室内网球相近：将动物脂肪掺入面团揉成圆球做球芯，一块块粗棉布条牢牢包裹，后用铁刮铲轻轻敲打令其形状圆润。校准形状大小的误差后，用细绳子围着球缠绕，从球一端的顶点到另一端将表面分割成九条区域。再将球旋转四十五度，从旋转之后的这一面的顶端再分出九块。以此类推，最终产生九个不同角度的球极，自每个球极各分出九块区域。每个网球都是一个世界，一个由八十一条线穿梭分割而成的小小星球。最后，这个被古人认定代表了人类灵魂的小星球被裹以呢料，刷上石灰。

皮革球的制作流程的确和上述推断相似，但是制作环境往往肮脏且隐蔽：使用人类头发制作网球的过程更为阴暗，而且并非所有人都愿意用死人身上唯一不会腐烂的部分来制作这种物件。头发代替布料缠满球芯四周，然后裹上面粉和猪油。这种球更轻，表面不那么光润，弹跳起来如同魔鬼附体。

也许是因为制作材料沾有人类的灵气，在文艺复兴和巴洛克时期，特别是信奉天主教的欧洲国家和处于被征服时期的美洲，人们经常把这种网球和某些邪恶的活动联系在一起。

博林球

刚刚抵达弗朗西科城（也就是现今的勒阿弗尔港，前面那个滑稽的名字沿用至法兰西的弗朗索瓦一世去世），让·洪博便让消息四处散播开来，让人们知道他得到了安妮·博林浓密的头发并且会将其制成网球。这网球将是他出入封闭球场的法宝。在封闭球场里玩球的贵族们挥汗如雨，一局下来身上的衬衣便会被汗浸透，一盘要换下五件衬衣，整场比赛下来需要十五件。洪博向来认为，他那刚刚梳洗过的狮鬃般的秀发，是其出入硬木板围墙、瓷砖铺地的封闭球场的通行证：并非为了赌钱，而纯为消遣。

洪博终于从球匠手中取回了缝制完毕的网球，这四只球承载了欧洲历史上最邪魅的魔力。这之前已经有无数买家垂涎这几个宝贝而接近洪博。他们开出的天价，远远超出了这几枚网球的价值：牛一百头，普罗旺斯别墅一栋，非洲奴隶两名，马六匹。他拒绝了所有的邀约，除了法国国王的重臣——菲利普·德·沙布特。

洪博只带了第四枚网球去和沙布特交易。这球比其它三枚更紧致，洪博起初决定将它作为护身符留在自己身边。他用一块丝绸手帕把它包裹起来，藏在包的深处。为了确保万无一失，他将包缝在了斗篷内侧。

沙布特在卧室接见了洪博，仆人正在服侍他更衣。这并不是他们之间第一次见面。让·洪博特意准备了一段简短的发言，话里尽是这个长着美眸的混混的甜言蜜语，从请求变成勒索。大臣没有请洪博坐下，也没有允许他发表那通已准备好的长篇大论。他甚至都没有回头看洪博一眼，他认真更衣，由着仆人用一层层棉布和天鹅绒将他从头到脚裹个严实。“异教母猪头发做成的那几只球，你想得到多少报酬？”大臣问道，目不转睛地盯着鞋尖。“我带来了一个样品。”洪博边回答边笨拙地从斗篷内侧将球取出。大臣轻轻抖掉膝盖上的一缕线头，看都不看行刑者从卧室另一边小心翼翼地呈上来的物件。“有人向我们保证这是真品，”沙布特说，并没有回身看网球，“因为西班牙国王的大使曾经想得到这批头发并且用它们做巫术，听说它们被带到法国来后勃然大怒。”“我不要金钱，也不要产业。”洪博说。听到此话，大臣挑起眉毛，摊手表示不解，甚至有些恼怒。“我想要个体面的封号，以及宫廷网球剑术教练的职位。”“这件事我可以去安排，但是你先要把所有的球都拿来。”“我希望陛下能够直视我的眼睛，亲自授予我封号和职位，而且必须有见证人在场。”大臣这才抬眼看了看洪博，挑着眉头，一脸嘲讽而不解的表情。“陛下在收复萨沃亚，有些繁忙，”他接着说，“但是陛下行经巴黎时，我会差人去通知你。这些球会是很好的礼物。等我的部下唤你到卢浮宫那天，把球带上。”

七十三天之后，弗朗索瓦一世在蓝色大厅接见了让·洪博，厅中挤满了宫廷群臣、觐见者和金融家。未来的击剑与网球教练身披一件特地定制的大衣，刺绣精良，雍容华贵。他头一次将三日不剃的胡须收拾干净，头发梳了起来并用珠宝装饰，自以为优雅得很，但看上去像是个掘墓人。在法兰西皇家大厅中，他这身西班牙风格的行头十分突兀扎眼。

他没有在庭院或前厅等待太久，刚准备上前，国王便唤他觐见。看到博林球，国王忘了王者的尊严，表现得很急切。虽然有所准备，让·洪博这次还是没有机会致辞。为了目睹这伟大的时刻，埃莉诺王后凑过来，她身后跟着一队宠物白貂，在群臣脏兮兮的脚下穿梭。在打开行刑者花重金命人刻制的雕花木盒的那一瞬间（当然，工钱嘛，他跟工匠赖了账），弗朗索瓦一世几乎两眼放光。这盒子摆在洪博的旅社里看上去那么华丽，但是现在一到皇宫，显得又小又寒酸。

国王从盒中取出一只球，像个身经百战的网球手那样掂了掂分量，一会儿攥得紧紧的，一会儿在手中转来转去地把玩。他做了个抛起的手势，假想手中握着球拍一掌击出，强而有力。他爱不释手并忘情地凑近鼻尖嗅了一嗅，这让王后感到难堪。他似乎深深地迷失在这代表亨利国王没落之日的厚厚秀发中，红发的魔力将英格兰从教皇的掌控下夺出。“听说她很美，是吗？”法国国王终于看了洪博一眼，问道。“她被剃光头发后都很美，陛下。”这是这个可怜虫和他的国王说的唯一一句话。弗朗索瓦将球抛向空中，优雅地接住。这时他放眼大厅，像是为了引起注意而清了清嗓子（虽然他一直是众人瞩目的焦点），然后说道：“这位新上任的剑术老师，比我听说的还要英俊。他也将负责宫廷内的网球教学。所以，看好你们的女儿。”礼貌的微笑感染了整个蓝色大厅，如微微波澜般缓缓传开。“赐予他所要求的赏赐，”国王看着洪博的眼睛说，“一生荣华富贵。钦此。”

“新世界，新土地”

1599年10月4日，罗马阳光普照。那天，弗朗西斯科·德·克维多显然不在罗马，但是在别的地方也没看见他的人影。他本应该参加马德里城外阿尔卡拉大学的艺术学士毕业典礼，并坐在标记58号的椅子上。典礼氛围严肃，但他却缺了席。

坊间对于克维多缺席毕业典礼原因的众多猜测中，流传最广的是他因一桩悬而未决的谋杀案而逃亡。这桩命案很可能发生在马德里，而他的朋友和保护人佩德罗·泰勒斯·希龙（也就是奥苏纳公爵，佩纳菲尔的领主）当时也在场。

克维多已和希龙相识多年。那时克维多还是个孩童，佩德罗则是菲利亚公爵的随身外交侍卫，也很年轻。两人当时都隶属于伊莎贝尔·克拉拉·尤金妮亚小公主的随行队伍。声势浩大的队伍要将公主护送到法兰西三级会议[①]，作为王位继承人候选。没有

① 法国中世纪的等级代表会议。与会的三个等级阶层分别为教士僧侣、贵族以及平民。

比穿越比利牛斯山更荒唐的差事了，这鱼龙混杂的贵族队伍也无比令人厌恶。

负责推选这位希望渺茫的王位候选人的则是菲利亚公爵，希龙的老爸。而佩德罗·泰勒斯·希龙呢，因为当时他这平庸无奇的公爵老爸还活着，所以他的名号仅仅是佩尼亚菲耶尔侯爵、他老爸的秘书。在队伍中和父母同行的孩子里，有那时才八岁的弗朗西斯科·德·克维多。他母亲是公主的侍臣，此次远行队伍的一员。克维多的姐姐也去了，小侍女一个，角色跟宠物狗差不多。

瞧瞧这支穿越比利牛斯山的队伍！车厢里载满了奢华得令人屏息的奇珍异宝，好让公主随时随地都有宾至如归的感觉；车棚里挤满了发型高耸的贵妇，她们个个门第高贵，姓氏冗长得能喷出窗外；骑在马背上领队的男人们身着镶有美洲黄金的护胸甲，为了提醒巴黎，虽然费利佩保护领土的能力不如父亲卡洛斯，但是世界仍属于他们。还有很多孩子，他们挤在衣箱之间，嬉笑着扔土渣和石块玩。这场滑稽如马戏团般的远征都是为了让三级会议加冕伊莎贝拉·克拉拉·尤金妮亚，虽然这简直是白日做梦。自 1316 年《萨利克法案》推行以来，法兰西就没有被女人统治过。更不用提这位还是个西班牙女人：左撇子，肥硕，反应迟钝，啃指甲，吃鼻涕。

这支远行队伍的人员名单现被保管在西班牙国家图书馆档案室，克维多和希龙的名字赫然列在名单上。除此之外，还有本旅行日记。菲利亚公爵母亲的一名侍从，在6月27日赫罗纳的记录中哀叹道，随行队伍的拖沓以及可怜的公主的软弱无能，让此次远征活脱脱变成了一出狂欢闹剧。他注明道："希龙这个滑头，身边总是跟着个粗鄙的小家伙，总是唤小陛下为'小肥象公主'。"他笔下的这个小家伙，还能是谁？

多年之后，希龙与克维多在埃纳雷斯堡再次相遇。佩德罗·泰勒斯·希龙此时已摇身一变成了奥苏纳公爵、西班牙大公。和他的朋友一样巧舌如簧，贪得无厌；一辈子都酒气冲天，寻衅滋事。他就是这么一个爱找麻烦又总是能金蝉脱壳之人。

1599年秋，佩德罗惹上三件官司。第一件，同女演员赫洛妮玛·德·萨尔塞多在他位于阿莱霍斯的家中姘居，并邀请情妇的父亲与丈夫同住。奥苏纳因此事仅仅受过一次训斥，但是那个女演员和她的家人却被处以鞭刑、粘羽毛和游街。女人的罪名是被包养，她父亲拉皮条，丈夫包庇妻子与人通奸。

第二件事更龌龊，牵扯到奥苏纳的一个舅舅。这个舅舅虽是个私生子，但是势力庞大，做过奥苏纳的监护人。据瓦伦西亚总督胡安·德·里维拉的指控，奥苏纳的舅舅谋杀了自己的妻子，让一名男宠侍爬上了他们的婚床，与其终日寻欢作乐，沉迷于伤风败俗的勾当。

奥苏纳的舅舅和那名男宠，最终死于绞刑，尸体被火化。尽管瓦伦西亚上上下下都见证了这两人的奸情，佩德罗·泰勒斯·希龙仍然誓死捍卫他的监护人，庆幸的是他毫发未伤，只是被判软禁，但在家的这段日子应该不算难过。因为当时女演员和她家人仍然和他住在一起，等待着姘居罪的判决。

第三件官司是最糟的。文献里都找不到关于此案的蛛丝马迹，而案中那个放荡的同伙很有可能就是克维多。在此案审判期间，奥苏纳先是被关押在阿雷瓦洛监狱，后来被软禁在他位于奥苏纳的家中，由四名狱警严加看守。史学家和各路历史爱好者推断希龙被囚禁在阿雷瓦洛监狱的罪名，是他在一次争端中杀害了一名或多名士兵。而此次争端，和网球赛有关。

史学家路易斯·卡布雷拉·德·科尔多瓦[①]在《西班牙宫廷纪事》中记载道，1599 年 8 月 6 日，当时还被软禁在家的奥苏纳，请求前往马德里亲吻国王的手，并且“获得准许后，他便趁机逃到了塞维利亚，甚至有传言说他一时兴起一路跑到了那不勒斯胡作非为”。极有可能的是，他在逃亡中还带上了和他一起胡作非为、当时也在家软禁的那位朋友。

到了塞维利亚后，比奥苏纳更难自保的克维多应该曾试图说服对方，计划两人一同跑到新西班牙去。这个建议，和克维多

① 路易斯·卡布雷拉·德·科尔多瓦（Luis Cabrera de Córdoba, 1559—1623），西班牙黄金世纪时期的历史学家和作家，著有《西班牙宫廷纪事》和《费利佩统治下的西班牙史》。

事后不久写的自传体小说《骗子外传》[1]的叙述者在故事结尾的那个桥段如出一辙（虽然这部小说的作者从未被确定为克维多）。“我，”书中人说道，“经受了这么长时间的磨难，运气变得更差，前途更是渺茫。我决定去西印度。做这个决定，并不是因为我从磨难中得到了任何教训（我头脑并不清醒），而是因为精疲力尽。我这个顽固不化的罪人，想去那个新世界、那片新土地试试运气。”

两人很可能在塞维利亚上了船，去了意大利南部。那片领地和罗马帝国关系密切，费利佩三世却难伸其爪牙。时任那不勒斯和两西西里总督的是莱尔马公爵，他是奥苏纳的至亲、克维多家族的保护者。最后的结局如各种文献中所记载，那不勒斯总督的妻子（也就是莱尔马公爵夫人）帮助年轻的弗朗西斯科获得了皇室的赦免，让他最终得以结业并回到大学，并继续研读法律学和语法学的博士学位。

对于奥苏纳来说，赦免并非必要。在那些说西班牙语的国家，身世显赫的大人物们不会出什么事，除非惹到来头更大的大人物。显然，那几个被杀的可怜士兵并不属于这种情况。

公爵和诗人都不是能坐得住的人：两人一定是仗着那不勒

① 《骗子外传》（*El Buscón*），全称为《一个叫作堂·巴布罗斯的骗子的故事：流浪者的典范、落魄者的榜样》，是西班牙诗人克维多所著流浪汉小说，首次出版于 1626 年。

斯总督的庇护跑到了更远的地方。罗马，这16世纪和17世纪之交的魅力之都，令他们不能自已，流连忘返。不论何时何日（就算是1599年10月4日的毕业典礼），去哪里都不比留在罗马来得好。

第一盘第三局

当他终于站起来时，两个阴囊阵阵胀痛，像两个西瓜坠着。他挪到边廊扶杆旁站定，小心地揉着大腿根，声音细弱地对他的帮手说：“不能再这么打下去了，你得想想办法。”公爵眼中仍噙满了因为大笑而溢出的眼泪，手搭在诗人肩膀上说：“你必须继续。西班牙除了士兵和艺术家之外，什么都不在行。不能让他们知道你没有上过战场。”“但这不公平。”“你赢了比赛，就是公平。”“可我现在怎么动弹得了？昨晚还好好的，现在裤裆像是被两只章鱼抓着。”“去发球吧。”

他抓着扶杆做了三四个蹲起。“把剑给我。”他冲公爵说。他觉得就算打不了球，至少能活得像个男人。“别，他就是要激怒你。”公爵回答道。“把剑给我。”“不行。这是意大利人惯有的花招，你怎么可能没看出来呢。”“我不会真把剑拔出来的，我就是要个西班牙人的花招吓唬吓唬他们。”

他又做了一个蹲起。再站起来时，公爵已经将剑带拿出来放在扶杆上了。还没等他够到剑，圣马太就大步向前去拿画家的武器。诗人把手缩回来，鄙视地啐了口痰，用靴子尖蹭了蹭。他像是在看另一个世界的生物一般看看那群意大利人，头也不回地走到了发球线后。“好吧。”公爵边说边把剑收起来，放回到原来的位置。伦巴第人似笑非笑，点了点头，对诗人找回自尊的做法表示认可，走到自己这一侧球场的尽头。刚才在一旁数边廊顶有几条梁的数学家已经睡着了。“接球！”

最初的比分来了个平手（十五比十五），场面激烈而疯狂。画家终于开始集中注意力，西班牙人也把宿醉带来的拖累忘在脑后，一心想赢得比赛。第三轮以西班牙人极其狠毒的发球开场，画家用一记重击予以回应，让场内所有人眼前一亮。球刚一过网，西班牙诗人居然就接住了，这一记奇招似乎摆脱了地心引力。回球的一击很有分量，但是并不足以赢得比分。他又向后跑去，因为他估摸着画家会直捣看台。他的直觉很准。随后，他毫不费力地坚持守住球场角落。对手的球枪林弹雨般袭来，愈发有力、凶猛、致命。这轮即将结束前，画家击出一记绝杀，过网瞬间便分出胜负。场边的两位司线员互相看看，意思说似乎这场比赛还不赖。马太和他的那帮叫花子们鼓起掌来，还有球手的两位帮手司线员，加上四五个凑到栅栏那儿看热闹的人。“十五比三十，”数学家喊道，“米兰人首次抢得先机。”

诗人注意到，来了一些职业赌徒后，场边站着的这群人陆续在边廊里找位子坐了下来：这群人或许也是来打球的，他们会互相观察，和诗人的对手比较。刚来的这帮赌徒看着球来来回回，全神贯注，一脸的关切，令他感到一丝荣耀。就算之前经受了那样的痛苦，这瞬间也还是值得的。

这个早晨直到现在这一刻，过得很是艰难。他早早醒来，口干舌燥，头疼脑热，像是被压了块滚烫的铁板，醒来之后却难以继续入眠。他迷迷糊糊，一肚子的负罪感，窘迫不已。

“昨晚他妈的到底发生了什么？”等公爵终于下楼来吃早饭时，他问道。他们住的这个地方名叫大熊客栈。诗人已经花了阵工夫用来自我惩罚。他已经在木地板上呆坐了一阵，早餐碰也不碰，等着某人从楼上下来陪他去纳沃纳广场。

公爵肿着脸，还带着枕印，一袭黑衣却穿得一丝不苟：他身着腰带斗篷，手臂上挂着帽子。面对昨晚到底发生了什么这个问题，这位大公耸耸肩，要了啤酒和涂满黄油的面包。“您要温的还是热的？”老板娘问道。“热黄油，温啤酒，哦，再加个鸡蛋。”他回答道，咬了口面包，眼睛才睁开了一些。他的朋友依然没精打采的，头也不抬。“什么都没发生，”他对诗人说，“但是必须去捍卫你我的荣誉。向来都是如此。”诗人对话中满满的慷慨义气表示认可，感激对方并未提及昨晚发生的事情。“还有西班牙的荣誉，公爵大人，西班牙的。”另一位微笑道：“对，西班牙的，看值不值得了。”他匆匆咽下面包，干了啤酒，站起来戴上手套。他将剑带拴紧在腰间，裹上斗篷。“我们走，”他说，“迟到了可不行。”

临近中午，院子后面出口的门已经开了，走出这双开门，外面便是街道。公爵戴上帽子，在走上门外的石子路前，推开一侧门探出头观察来往的行人。他手按在剑柄上，五指乱动，犹豫紧张，将街角查了个遍：“没问题，安全。”尽管如此，当他等着诗人时——诗人此时精神恍惚，腰带都不知道怎么别好——手一直按在武器上。

“接球！”这一球击中廊顶后旋转得变幻莫测，伦巴第人还是高举球拍顺利让球过了网，但这一击毫无杀伤力。救球让他失去了平衡。西班牙人则回击一记猛攻。三十比三十。接下来的两个比分时间很长但极惊险：越来越多好奇的围观者凑过来。“平分。”数学家喊道。此时双方四十分打平。

诗人适合这种你争我夺、势均力敌的比赛。为了拖垮对方，他要和对手一直保持平手。在这么一个万物成双的炎热日子里，打这么一场比赛：赛得艰难，势均力敌。当天上午，诗人和公爵像一对暹罗双胞胎士兵一样走向广场。他俩从头到脚被斗篷和大檐帽裹了个严实，肩并肩，右臂端在胸前。这是西班牙人典型的防守阵势：他们的拳头明显紧握着剑柄。为了在午饭前完成最后几样差事而走在街上的人们，见俩人如此架势，纷纷闪开了道路。客栈到球场的距离不算远，这一路并未发生任何事端。

当纳沃纳广场的那帮小丑在两人紧张的目光中出现时，圣马太和其他乡巴佬们正站在L形木廊旁边闲聊。木廊连着球场，市政府建造球场的目的在于让这帮庶民玩玩城里最时髦的运动，强身健体，安抚灵魂——如果他们有灵魂的话。这对“双胞胎”向球场行进，保持警戒，并不觉得自己这样子可笑。到了地方，他俩就分开了。公爵看了看当时还被用作日晷的图密善方尖碑。“马上就要到十二点了。”他说。

那些意大利人倒是放松得很，看见两人在边廊里找好地方后便摘下了帽子，涌上来相互握手致意。虽然西班牙人身上带了剑(在罗马，教皇禁止市民佩剑)，但是双方都十分客气友好，甚至还很亲切，像是萍水相逢后彻夜饮酒的陌生人。有几个人还互相拥抱。公爵的拥抱最为热情，而目的则是摸清楚对方斗篷下面藏了多少把匕首。

随后不久，对手出现在广场的另一头。数学家和诗人与公爵一样穿着正式，还穿戴了教授特有的蓝色大长袍和四角帽。他带来的皮箱子里面放着比赛用的运动器具。追求标新立异，但风格显然不合群的画家没穿长筒袜，而是穿了条黑色硬粗棉紧身长裤，裤脚盖到靴子跟；无领衬衣也是黑色的，被黑色皮坎肩束得很紧；西班牙风格的斗篷也是黑色的，旧旧的。头顶一个短沿帽，帽子上没有装饰任何羽毛或扣针。他随身带了剑——虽然他是当地人，但服侍主教这份差事使他免受教皇禁令的影响。

在某个时刻，西班牙人似乎掌控了比赛，并且将顺势锁定胜局。他极具攻击力，接发球如鱼得水，胳膊变长了不少似的。他没有截击回球，而是等球弹中墙面后再击出。这是此局第三次平分了，这对诗人来说很有利。公爵很兴奋，他发现，在球场的另一侧，一个新来的围观者给发球方的诗人下了四注。他注意到马太和他的那帮乞丐们，之前一直忍住没有下注，但这时纷纷开始掏钱押注，赌画家会赢。

按照规矩，客人先挑球拍（从两个球拍中选出一个）以及比赛使用的网球（三选一）。而画家的随身装备里只有一只网球，公爵看到后很惊讶。他把球拿走了。两个球拍倒是没有太大的区别，他选了一个看上去用得更旧的，心想这只旧拍子应该是伦巴第人惯用的，抢到这个拍子算是抢占了先机。

比赛双方脱下斗篷，将佩剑交给各自的帮手保管。因为地面不平，他们打算穿靴子比赛。这时公爵从口袋里掏出一枚硬币，准备决定发球顺序，画家摇了摇头表示异议，操着蹩脚的西班牙语说了句还算完整的话，“让客人先发球”。他这话带着鄙夷，两眼瞥向边廊，但颇有魅力。当图密善方尖碑顶端十字架的影子投掷在石板地面十二点位置时，数学家压低声音郑重宣布：“开局。”

西班牙人将球握在左手的拇指、食指和中指之间，感受着网球的皮质表面。球在地面上弹击，一下、两下、三下，右手转拍。他咽了下口水，拿球在手中把玩。他瞥了眼地面，脚蹭花了标注球场界限的石灰线。球抛向空中，“接球！”他使出全身的力气，感到羊肠线制成的球网被球狠狠砸中时发出的瞬间颤鸣。

画家稳稳地守住防线，站在离线较远的地方，保持着站位角度。他猛地挥拍扣下这颗球。西班牙人接着发球，然后又丢掉了比分。

“米兰人胜出！”教授喊道。“接下来，第一盘第四局。”公爵的声音带着一丝气馁。但他内心深处还是感到兴奋，因为比赛才刚刚开始有看头，看客们已经纷纷开始将赌金放在场边。诗人也察觉到筹集赌金的人们带起的一阵沸腾。“你现在会在我身上下注了吧。”他对公爵说。

斩首（二）

洪博还没来得及搞清楚面前发生的一切，就已经被判刑了，倒霉鬼这才弄明白到底发生了什么。因为犯下严重叛国罪，他在蓝色大厅的门前被捕。他甚至都没来得及解释清楚，为什么他——一个法兰西天主教徒，会替英格兰异端国王亨利杀人。在他的行刑书中写道（这份热乎乎的文件由法三重臣兼战争法庭庭长菲利普·德·沙布特签署），准许这位剑术和网球教练免于酷刑。因国王赋予他终身贵族特权，行刑方式为贵族所享有的斩首刑。

洪博躺在行刑者面前。面对架在脖子上的利刃，洪博号啕大哭起来。“据我所知，”大臣沙布特对他说，“安妮·博林虽然身为女子且贵为公主，在被你屠杀前尽管无力辩解，也未落下一滴眼泪。”“如果你现在给我第四枚网球，”他补充道 “我便放你条生路。”沙布特边说边示意刽子手抬起屠刀。

洪博将衬衣和斗篷里里外外翻了个遍，哆哆嗦嗦地掏出一只网球。这枚用王后头发制作的网球和其他三枚相比有些粗制滥造。沙布特一把把球揽入囊中，“杀了他。”

虽然在老百姓的想象中有所歪曲，但这段故事的确是有历史依据的。经过口口相传，这件事穿过海峡、黑白颠倒地传到了威廉·莎士比亚耳中，令他灵光乍现。他写了个剧本，描绘亨利五世宣布法兰西所有领土归其所有这一历史事件[①]，令众人震惊——这美好场景借鉴了洪博交付博林球，以及他后来的惨死的那一刻。

戏剧第一幕，国王亨利五世接见法兰西王位继承人瓦卢瓦的路易派来的信使，信使说明路易要求亨利停止对诺曼底领土主权的宣称，并献上贵重珍宝作为交换。这份厚礼被封在一只木桶中。国王命埃克塞特公爵将桶打开，里面竟然是几只网球：这是对国王治国不成熟和无能的讥讽。亨利想了想，平静地表示感谢，说道：

当我们的球拍打中这些网球时，
上帝保佑，我们会去法兰西打上一局。
把国王打得落花流水，
逼他乖乖交出头上的皇冠。

① 1599年，莎士比亚基于英格兰国王亨利五世生平创作了《亨利五世》。

在启蒙运动鼎盛时期，德尼·狄德罗在给葛芙琳夫人关于将图书馆卖给叶卡捷琳娜二世的书信中，这样描写因为筹办女儿婚礼而陷入的经济窘境：“最初，我和我夫人本以为联姻会帮我们缓解债务压力。但是现在看来，这场婚礼没有逼我们自杀就很庆幸了。安琪丽珂这桩婚事，就好比当年洪博献球。”

洪博被杀当晚，负责制作这几只博林球的工匠在自家作坊的后门收到一捆包裹，里面包着的是被斩首的刽子手的棕色头发，掺着像被霹雳擦过的金色发缕。

右边的“球”代表圣父

“我的两个‘球’代表上帝和国王，任我随心所欲地把玩。”这句话成了胡安娜关于父亲的唯一记忆。这回忆伴有热带气息且烙有花朵，这回忆必定是遥远的：胡安娜五岁的时候，父亲回到欧洲来索要官职俸禄。游说的过程漫长却毫无结果，最后父亲死在塞维利亚，再也没有能够回到那片属于自己的土地。虽然那并不是他出生的地方，但他确信自己是那片土地的主人。

胡安娜在脑海里一遍又一遍地构想和父亲在一起的那个场景。父亲坐在宫殿院子里的石头长凳上。院子大得几乎看不到边际，一头从库埃纳瓦卡谷底开始，另一头延伸到特万特佩克地峡的某个地方。在她的回忆里，父亲已经满头银色碎发，但还是那副不屈不挠、高高在上的老样子，和那些掌握权力并不遗余力使用权力、内心却并未感到不安的大人物如出一辙。他精神矍铄但固执己见，眉头紧锁，带着满脑门的官司；胡子虽然有些脏但是梳理得整齐。他边挠脑袋，边听面前某个下属讲话。胡安娜已经记不得这个人的相貌了，因为她只顾盯着父亲年老衰败的指甲在头顶的灰色丛林里抓来抓去。这时，父亲对他的部下说："我的两个'球'代表上帝和国王，任我随心所欲地把玩。"说着，右手微微挥了一下，好像是在赶苍蝇。随后他转身看着坐在花园另一条石凳上的胡安娜。

在她的回忆里，面对父亲那张无数次轻挑眉头便可置人于死地的脸，她对他的感情总是介于崇拜和惧怕之间。父亲鼓起脸颊，冲她做了个对眼。她咯咯笑个不停，但心里还是紧张的。随后他有些吃力地从椅子上起身，向她伸出一只手。"我们去果园吧。"他对她说。俩人漫步过长长的小路，小路通往果树的世界。那里的每棵果树均由父亲挑选，只有父女俩知道它们的名字。她坐在父亲的肩上，问父亲这些树在纳瓦特语[①]、西班牙语和琼塔尔语[②]中分别叫什么。

很多年后，女孩长大成人，成了阿尔卡拉公爵夫人。库埃纳瓦卡距离她很遥远，记忆也已经变得陌生。胡安娜向母亲提起父亲的那句话，她确信亲耳听到，问母亲这句话到底是不是父亲的原话。母女的这段对话正好发生在胡安娜怀着大女儿凯特琳娜之时。她俩当时正坐在统帅宫花园的遮阴亭里刺绣，身边围着女奴和侍者。北方天空泛着的橘色光芒滤过窗户，而百叶窗

---

① 纳瓦特语（náhuatl），一种墨西哥中部的印第安原住民语言。

② 琼塔尔语（chontal），墨西哥瓦哈卡州和塔巴斯科州的马雅印第安人所说的一种语言。

早已被主人命人拆下。这让此时的塞维利亚变得更像彼岸的库埃纳瓦卡。

胡安娜的寡母承认，这句关于上帝和国王的话的确是丈夫的口头禅之一。她还告诉女儿，这句话经常是冲着某些手下或者教士作为警告，因为他们胆敢对她父亲品头论足，说他的做法不对或不配做基督徒。“但是你父亲完整的那句话更棒，”母亲补充道，“右边的‘球’是圣父，左边的‘球’则是神圣罗马帝国国王卡洛斯一世。”“你爸爸是个老混蛋。”母亲用纳瓦特语说，为了逗笑那群从库埃纳瓦卡带来的女侍。

胡安娜并不记得母亲用来说笑的这句话。老妇人想了想，对胡安娜说，“任我随心所欲地把玩”那半句是女儿自己加上去的，因为她父亲经常与其他老兵玩巴斯克壁网球。“你想念他吗？”胡安娜抚摸着怀着凯特琳娜的腹部。小凯特琳娜已经开始在母亲的肚子里折腾了，多年之后她嫁给了奥苏纳公爵佩德罗·泰勒斯·希龙。“你说谁？”“爸爸呀。”“我嫁给他的时候，他就是个有钱的老头。那个可怜虫，还自以为是贵族，幻想着让自己举手投足都像个绅士。”她突然有些歇斯底里地大笑起来，“他呀，就是个装腔作势的大尾巴狼。”“但是，你喜欢他吗？”胡安娜坚持问道。为了突显下面这句话的戏剧性，寡妇睁大眼睛，手中的针线活掉落在膝头：“谁能不喜欢他呀！他可是埃尔南·科尔特斯啊，他把全世界都干翻了！”

编辑接招

发件人：特蕾莎·阿斯特拉因（teresastrain@anagrama-ed.es）2013 年 6 月 12 日

收件人：我

主题：第二稿

阿尔瓦罗，附件中是两份稿子。第一份有一些修改，并不多，外加两三个问题。另一份稿子没有任何修改，以便搜索查找。手写的是最新定下的标题。真可惜，副标题只是多了一个音节而已。

球在你的房顶上。该你出招了。

吻。保持联系，

特蕾莎

2013 年 6 月 12 日晚 7 点 26 分，阿尔瓦罗·恩里克（aenrigue@gmail.com）在邮件中写道：

亲爱的特蕾莎，

请问我可以将你的这封邮件写在我的新小说中吗？内容原封不动。还有一个问题：你的那句“球在你的房顶上”的典故是什么？这本新小说就是关于网球和球赛的。如果豪尔赫决定出版的话，你不久就可以读到。

吻，

Á.

2013 年 6 月 13 日晚 5 点 2 分，特蕾莎·阿斯特拉因（teresastrain@anagrama-ed.es）在邮件中写道：

虽然我不完全清楚这句话的出处，但是我大概知道这句话应该有些年头了。意思就是“该看你的了”。

另外，请务必将校对稿尽早发给我。

吻，

特蕾莎

2013 年 6 月 13 日晚 5 点 18 分，阿尔瓦罗·恩里克（aenrigue@gmail.com）在邮件中写道：

但是我亲爱的特蕾莎，你还没有回答我的问题呀：那句话的出处是什么？

新的副标题我已经想好了，“金钱、文字和庸俗之物”。我做了一点点调整，现在正好是一句完美的十一音节诗。

吻，

Á.

2013年6月13日晚5点23分，特蕾莎·阿斯特拉因（teresastrain@anagrama-ed.es）在邮件中写道：

我们终于把副标题定下来了。昨晚，我为了弄音节的事情很晚才睡，怎么也无法改成十一个，因为重音的位置不对吧。你赢了。现在，赶快把他妈的校对稿发给我。

特蕾莎

第一盘第四局

伦巴第人一开局便势不可挡，但之后他就分心了。比分进行到零比三十时，两名女子出现在球场。她们刚刚吃完午饭，模样打扮符合两人的身份——妓女。西班牙人因为太关注比赛，没有注意到两人的到来。而他的司线员的目光在这两个女人身上停留了好一阵，因为她们看上去眼熟，而且实在是身材火辣的尤物。虽然这场竞技在意大利人和西班牙人之间隔出一道深深的鸿沟，奥苏纳却和伦巴第人的司线员肩并肩坐着，近得能嗅到那两个女子身上的香味。

公爵死死盯着她俩那撩人的裙子，脑子里过了一遍昨晚留在记忆中的那些场景。没有出现在妓院，小客栈里也没遇到过。过了好一阵子，他才想起来是在哪里见到过这两个女人——那幅画！在他俩百无聊赖地等待和某个银行家见面时，曾细细欣赏过的一幅画。画中马大和表妹抹大拉的马利亚，和这两个妓女简直是一个模子里刻出来的。

他灵光一现，是因为在马大的脸上认出了她撩人的缺陷：下巴上有一块形如大陆的青斑，画家如实地将它复刻在自己的画作中。他当时甚至和诗人聊起过这事："谁能想到把圣女画得像传染病人似的？"诗人提醒他说，虽然这位抹大拉的马利亚的原型看上去是个极有魅力有性格的大美人，但是她扶着梳妆镜那只手的一个手指头却弯得像钩子。"这颠三倒四的世界。"他感叹道。

马大在圣马太身边坐下（马太在那帮人当中就像是一只被老鹰团团围住的老公鸡），似乎是为了平息因她和伙伴光临边廊而引起的骚动。而抹大拉的马利亚则站在扶栏旁，带着一副如同公爵在画中看到的、落魄圣女般的挑衅姿态：屁股挺着，双乳高耸像是要时刻发起战争。她倚在扶手上，公爵观察到她左手中指是弯曲的。看来画家并没遵从圣经故事扭曲现实：相反，他为了描绘现实扭曲了圣经故事。他微微抬头，盯着抹大拉的马利亚的胸部。他认了出来：这不就是艺术史上最具挑衅姿态的那对乳房嘛！

当两名西班牙人在银行家宫殿的奖杯厅里被接见时，还看到了另一幅极具冲击力的画作。直到公爵看到抹大拉的马利亚本人，他才发现那幅画中女子的原型还是她：画作的背景设置仍是圣经故事，但更粗野，描述了卧室中的一起斩首事件。这幅画现在仍被丢在一张沙发椅上：因为实在找不到地方放置这么一个无法被称为装饰的装饰品。

那幅油画重现了友弟德在成功诱惑亚述将军敖罗斐乃之后，将其斩首于睡梦中的那个时刻。画面血腥，但令观者浮想联翩：

当画中这个放荡的模特割断以色列民族仇人的喉咙时，仪态所表达的多为性爱的欢愉，而非复仇的愤恨。这女人实在火辣：乳房坚挺，几乎破衣而出。这幅画描绘的并非犹太民族主义者杀死人民压迫者的爱国之举和英雄瞬间，而是一名女杀手在杀戮男人时感受到的肉体的愉悦，此时此刻男人的精液还在她的大腿内侧流淌。她怪异的神情并非源于被迫和仇人交媾的无奈，或是斩首时产生的厌恶之情。这表情来自快感：高潮带来的快感。

画家并没有像诗人那般专注比赛，他任由自己分神。在比赛允许的情况下（甚至不允许的时候），他伴着看客们的嬉笑和高声欢呼，接发球时耍着各种把式，还向抹大拉的马利亚送去飞吻。

“西班牙人胜！”数学家在诗人赢得最后一轮比分时高声喊道。这两个荡妇来到球场之后，西班牙人已经连赢四球。公爵猛扑到场上，捡起下注分到的红利。诗人注意到他们这边赢了不少。虽然诗人领先不少，场边的专业赌客们还是倾向于画家。

诗人没和公爵说什么。公爵把钱收到口袋里，递给诗人一块手绢让他擦擦汗。他拿着扇了好一阵，还擦了身子。他模仿绅士的做法，躲到边廊的阴凉处换上带来比赛的第二套衬衣。伦巴第人还是穿着那件黑衫，从前一天晚上就一直穿着，说不定从买来那天就没脱下过。他站在球场里，手耷拉在栏杆上，面对着边廊里的抹大拉的马利亚；他的头依靠在她的胸脯上，像是在承认被自己的身体打败的事实。

这时，公爵的护卫们出现在广场远处。他们赶到球廊时一路卑躬屈膝，一副水平不配薪水和职位的蠢模样。“咱们比得如何？”他们当中的一位问奥苏纳。“正赢着呢。来，给我们下点注吧，”他说，“这可是正经事。”几个人没敢吭声，翻了翻兜。头衔最高的那位姓巴拉尔名奥特罗的，凑出一把可怜巴巴的硬币。四人中他个头最小，也许正因为这样，他是最好斗的。此人皮肤粗糙，毛发浓密，是一个在任何场合都能够保持冷静的典型西班牙汉子。因此，公爵最看中他。“昨晚咱们像苏丹一样挥霍，钱都花了。”他藏在狼人般的大胡子里的嘴唇嚅动道，带着歉意。公爵摇了摇头，把他领到球场外，确认周围没有人能看见他俩时，偷偷把刚赢的钱交给了奥特罗，命他在第二盘开始之前赶紧下注。奥特罗看着捧在手心的钱，咂巴着嘴，毫不掩饰自己的贪婪。“别打鬼主意，”他的上司说，“我们要在精神上赢得优势。”说完两人便回到了边廊。

公爵回座位坐稳后，发现画家正盯着正要去下注的奥特罗。虽然画家的脸正埋在抹大拉的马利亚袒露的胸脯里，但目光却死死盯着公爵的部下。画家吹开遮住眼睛的一缕头发，压低眉毛，一只眼睛眯成一道缝。这目光追得紧，恨不得要刺穿正若无其事地掏钱的奥特罗，看着他将赌注押在线上，然后回到座位。公爵对诗人说：“你瞧意大利人看奥特罗的那个眼神，他想干什么？他到底是喜欢奥特罗呢，还是想像昨晚那样大干一场？”诗人摇摇头，说：“要我说，他都不记得昨晚发生了些什么。”

网球、艺术和妓院

古卡斯蒂利亚语著成的《阿波罗尼奥斯之书》[①]中写道，因为一场暴雨，提尔国王偏离了原本的航线，到达了米蒂利尼。在那座城市，他的女儿塔尔西亚娜被卖到妓院中做奴隶，期望着有人像救舍赫拉查德[②]那样来营救她。为了拖延被送去接客，她也像舍赫拉查德一样向客人唱起谜语。

当阿波罗尼奥斯和塔尔西亚娜相见时，并不知道彼此的身份。因为阿波罗尼奥斯的睿智令他名声在外，并善于解出各种谜题，她挑战性地问了他一些谜语。其中一首谜语也许是关于网球最早的西班牙语记载：

里面毛多，外面毛少，
一缕秀发，心中藏好；

---

① 《阿波罗尼奥斯之书》(*Libro de Apolonio*) 写于西班牙中世纪（约 13 世纪中期），作者不详。

② 阿拉伯民间故事集《天方夜谭》中的人物，又被译为“山鲁佐德”。

众人相传，羞辱耻笑，
小酌一刻，我未被邀。

《阿波罗尼奥斯之书》中关于网球的刻画，让人不得不联想到塔尔西亚娜推迟拖延的伎俩。网球如同一位被剃光头的女子（“外面毛少”），她遭受殴打（“羞辱耻笑”），没有人唤她去吃饭（“小酌一刻，我未被邀”）。因为一旦被“众人相传”，它的任务唯有一个：在广场上跳来弹去，成为别人眼中谋利的工具。

作者接招

2013年6月13日晚5点2分，特蕾莎·阿斯特拉因(teresastrain@anagrama-ed.es) 在邮件中写道：

阿尔瓦罗：

请记住：在暑假开始之前，书必须写完。你进展如何？

关于房顶和球：你这是个什么鬼问题？你想要什么答案？这句话来自拉丁语还是怎样？一定来自真实生活：孩子们经常弄丢球，比如扔到房顶上；邻居们不得不给他们扔回来。我也不清楚。

校对稿交给我。

特蕾莎

2013年6月13日晚5点19分，阿尔瓦罗·恩里克(aenrigue@gmail.com) 在邮件中写道：

特蕾莎：你说得不对，这句话的源头是文艺复兴时期的网球运动。那时候的网球场边上有一排木头搭顶的观众席。发球只有击中这个屋顶才算好。

如果我这个周末就把校对稿发给你，我可以把我们的邮件加到新小说里吗？

2013 年 6 月 13 日晚 5 点 22 分，特蕾莎·阿斯特拉因（teresastrain@anagrama-ed.es）在邮件中写道：

哦，你解释得棒极了。我之前不知道。但是我不希望我的无知被弄得众人皆知，所以请不要使用我的邮件。无论如何周五之前都必须把校对稿发给我。

埃尔南·科尔特斯的遗嘱

征服者应该是个生性友好的人。虽然，身为那个时代最为宏大、史上最具颠覆力的史诗中的主角，他高高在上，不受束缚。他所遭受的一切痛苦、困惑以及与周围人与物的疏远，均为命运使然。也许同样因为命运，苦难之外的其他境遇直到他活着的最后一天都在他眼中分外明朗。即使经历苦楚，他也活得务实而洒脱。他将经历过的风风雨雨珍藏在双眸之后，经过岁月的洗礼，目光仍锋利如初。

他晚年远离塞维利亚的贵族圈子。如果他愿意稍加注意举止、玩宫廷里那套规矩，在那个圈子里他会受到众人的敬仰。可惜他这一辈子见得多了，屁股痒了他就挠，不管不顾。

他不是个隐士。在卡斯蒂列哈德拉库埃斯塔的居所中，他和一群理发匠、神父、面包师、教堂乐队的乐手定期见面。还有一位，就是当地的诗人洛贝·罗德里格斯。诗人之所以能在历史上留名，是因为见证了征服者身边的大小事务。他应该也在古典史诗读书会上为征服者做了指导。而科尔特斯呢，只要自己不用亲自读书，还是十分乐意参加读书会的。这很可能因为当时他已失明，但也许是童心未泯。就像是我们的孩子小时候，喜欢别人读故事给他们听。

征服者一辈子只骑过一匹马。伴他进入墨西哥城的那匹科尔多瓦宝马在塞维利亚年老而终后，科尔特斯将它埋在了花园里。自从老伙伴弃他而去，他再也没有骑过其他任何一匹马。在科尔特斯眼中，它并不是什么交通工具，而是将神圣罗马帝国的疆域扩展千万倍的铁马利鞭。不过，堂堂墨西哥的征服者自失去坐骑后，需要搭乘神父布满灰尘的马车，或是挤在面包师傅篮子旁入城取粮。此等画面，令人唏嘘不已。

科尔特斯去世前三个月，吟游诗人洛贝·罗德里格斯陪着他完成生前最后一次旅行。这段历史为人所知，是因为诗人给当时守在库埃纳瓦卡的科尔特斯遗孀的几封书信被保留了下来。他们去拜见佛罗伦萨银行家吉亚高莫·博蒂，将科尔特斯在西班牙剩下的珠宝典当变卖，因为科尔特斯连医药费都付不起了。

科尔特斯去世后，他的遗物被放在塞维利亚大教堂的台阶上拍卖。据 1548 年 9 月《河谷伯爵财产拍卖实录》中的一段记载，科尔特斯的遗物包括旧衣若干，羊毛床垫一只，脚炉两副，床单两件，床罩三条，餐具一套，水壶和铜锅一套，椅子一把，书两本。单子里没有桌子和床架。直至 62 岁，他仍然保持着士兵的作息和规矩，不过他在经济上绝不窘迫——女儿胡安娜的嫁妆之丰厚，促成她和阿尔卡拉公爵联姻绰绰有余。对于埃斯特雷马杜拉倔老头家的小姑娘来说，这倒是一桩好婚事。

科尔特斯在塞维利亚留下的遗物如此简朴，并不说明他的境遇窘困，而是另有原因：他有着隐士精神和超脱释然的态度；他成了一个不再追逐世间名利的人，也许是因为那段踏入神话的记忆令其远离物质世界，或是由于卡洛斯一世（他左边的“球”）废除他墨西哥统帅一职并封他为伯爵而积存的怨恨。直到受封之后回到新西班牙，他才发觉封爵形同虚设，自己就是个有钱没权的百万富翁。

科尔特斯的遗孀却和宫廷圈子走得近，但她不情不愿的态度令人恼火。这一切，只是为了女儿胡安娜以后的日子有所保障。一切迹象都不能说明她不幸福。自从离开温暖的库埃纳瓦卡，和胡安娜一同回到西班牙后，她认为自己已经尽到义务和礼数，摇身一变成了被消费的奢侈品名人：她被邀请，被亲吻，仅仅因为征服者跟她上过床。她和奴隶说班图语，和侍女说纳瓦特语，只和女儿说西班牙语。面对其他人，她除了微笑一言不发，假装他们只是出现在一个冗长的梦中的人物。任何人在她眼中都如此格格不入，因为她是一座过去残留下来的废墟：她是科尔特斯夫人，河谷伯爵夫人。

那些后来用来装饰阿尔卡拉公爵花园小屋某一面墙的剑、矛、头盔、火枪等，在征服者死后的一段时间里由吟游诗人罗德里格斯悉数保管。他等着科尔特斯的遗孀唤他将这些遗物送到无边无际的库埃纳瓦卡宫。

洛贝给河谷伯爵夫人写过一封信，这信辞藻浮夸，内容令人琢磨不透，语言愚蠢。在信中，他建议夫人出钱资助他去往新西班牙送回兵器，并详细描绘了她丈夫去世前的最后几日。除了兵器，这位吟游诗人还赎回了征服者的肩衣，以及卡洛斯一世赐予科尔特斯一家的盾形纹章。纹章的图案恐怖骇人，是埃尔南身在墨西哥时亲自提议并设计的。

“异教祸水”

虽然弗朗索瓦国王收到安妮·博林头发制成的网球后颇为兴奋，但是他从未在球场上使用过。他是个文雅、感性、城府很深的男人。虽然当他们将网球献给他时，他所表现出的满意和嘲笑像做了一场秀，但和洪博见面之后，他再也没有碰过盒子里的网球。这做法倒也符合他那种冷淡而小心的秉性。

弗朗索瓦一世不善于球类运动，也不喜欢像其他男人那样耀武扬威。他赞助了一票诗人和音乐家，常常购置莱昂纳多的画作，并且收藏书籍。当他终将米兰从卡洛斯一世手中夺回时，他极其仁慈地将城中古典名作掠夺一空，之后再一次丢了城。他的藏品成为之后卢浮宫博物馆（由他下令整修）和法国国家图书馆的馆藏基石。他赞助了乔凡尼·韦拉扎诺的探险。后者在探险中发现了弗吉尼亚、马里兰和纽约，虽然弗朗索瓦并没有拓展疆域的意图。

很巧的是，三枚由断头王后秀发制成的网球最终来到纽约。我在位于第五大道和四十二街交会处的公共图书馆看到了它们，它们被保管在非展出古运动器材区。

1536 年，弗朗索瓦国王把三枚网球带到枫丹白露宫。负责保管这几枚网球的馆员告诉我，它们没有离开过宫殿，也从未被拿到球场上供人使用。“很可能因为，”他一副深思熟虑的样子说道，“它们很快便被人从战利品大厅拿去做书挡了。虽然是不起眼的用途，但比之前体面。”“它们被带到美洲前，没有人把它们从盒子里拿出来过吗？”我试着问道。“不太可能。”“我可以摸一下吗？”“不行。”“这几枚网球为何被收藏在纽约公共图书馆呢？”“是安德鲁·卡内基先生将它们连同一堆法国手稿一起买下来，和图书馆地下藏书室房顶的铁梁一起送给了我们。”“那么它们应该就是洪博献给弗朗索瓦一世的盒子里面那一批网球了？”我坚持追问。他戴着手套，用食指指了指不知字体的一行法语说明：“Avec cheveux de la vermine hérétique。”然后得意扬扬地翻译出来，“由异教母狗的头发制成。”

科尔特斯的纹章

任何人为了信仰所做的付出，都无法与埃尔南·科尔特斯为文艺复兴时期的天主教所做的一切相提并论。这场放在任何时代都会是最浩大的宗教功绩虽然已过去了五个世纪，但只要提起科尔特斯的名字，梵蒂冈的大人物便将头扭向一边，不予理睬。他是何等粗鄙之辈！他将新世界奉在教皇（他右边的“球”）脚下，却从未受到过任何肯定！这是一个完完整整的崭新世界，包括所有的动物植物，所有的神庙棚屋，以及十几万在屋中如兔子般寻欢作乐的男男女女。他们享受着无限美好的天气，可以几近赤裸四处游走。

人们总是如此想象科尔特斯，别无其他：他挥汗如雨，熏黑的铠甲上敌人的热血汩汩。他炮轰众神。军人、政治家或百万富翁这些头衔不足以形容他。因为，征服者是飓风之眼，席卷大西洋二十六年。征服者的狂风，将卡洛斯一世的霍夫堡皇宫—加那利群岛—特诺奇提特兰城—库斯科一线所有的房屋连根拔起。居住在这四百万平方公里范围内的人们之后或早或晚地皈依了基督教，就因为这个四十几岁、没受过教育的埃斯特雷马杜拉人将世界弄得翻天覆地。虽然他并不知道自己到底在做什么。

在墨西哥，每一秒有四千七百八十七人出生，一千六百三十九人死亡，也就是说人口以每秒三千一百四十八人的速度在增长。这真是个噩梦。当今墨西哥人口总数为一亿一千七百万，数字并不准确，因为后面的六个零还没包括在美国的墨西哥人。粗略算来，自 1821 年墨西哥独立至 2010 年，约有一亿八千万墨西哥人出生。在所有的墨西哥人里，只有何塞·巴斯孔塞洛斯[①] 视科尔特斯为英雄。而他遭受到的冷遇世人皆知。

有这么一个令人费解的组织，由三十二名平头男创建，名为“墨西哥国家阵线”[②]。这三十二个疯子是希特勒的崇拜者，连这种破烂组织都在自家网站上宣称科尔特斯是个臭无赖。河谷伯爵的形象管理，也许是有史以来最差的。科尔特斯最后的遗愿是遗骨回归到墨西哥，他希望在那里安息。在此时此刻死去的一千六百三十九个墨西哥人里面，没有一个人造访过他的坟墓；所有人都不赞成为他树碑，或是在某个纪念牌上刻上他的名字，

① 何塞·巴斯孔塞洛斯（José Vasconcelos, 1882—1959），墨西哥思想家、律师、作家。著有《宇宙种族》（*La raza cósmical*），宣扬美洲和世界范围内的种族融合和平等。

② 墨西哥国家阵线（Frente Nacionalista de México）成立于 2006 年，是一个宣扬右翼民族主义思想的组织。

或是在世界任何角落放置任何东西提醒人们他曾经存在。而这一秒出生的四千七百八十七个墨西哥人也是这么想的。他做了件错事，大错特错，这他自己也知道：在遗嘱中，他为拯救自己的灵魂留下四千堂弥撒作为施舍。这些提前打点好的弥撒从他去世那天算起，并按照在卡斯蒂列哈德拉库埃斯塔教区的教堂里一日一次的频率计算，可以持续十一年。十一年后，科尔特斯的灵魂每天早上仍要紧张万分地受到炼狱中鬼魂们的召唤。

以上所写的一切都是为了解释为什么没有人在墨西哥（我料想西班牙也应该如此）看到过科尔特斯的纹章。纹章由四部分组成。银色的部分画着哈布斯堡王朝的双头鹰，它代表了经征服者之手将其领土无限扩展的神圣罗马帝国。疆域之大，难以计算。第二部分是黑色的，配有代表阿兹特克三国城邦的三冠图案，该城邦被科尔特斯于1521年8月13日（也就是圣希坡律陀节那天）攻垮。第三个金色的部分有一头耀武扬威的狮子，而最后蓝色部分的形象则是水上的墨西哥城。围绕在纹章边缘修饰四个徽章的是一条挂着七个头颅的长链，代表了特斯科科湖区七名被斩首的酋长。品味可真不是科尔特斯的强项。

这个纹章从来都没有传到墨西哥。因为在科尔特斯去世那天，女儿胡安娜即将满十四周岁，而她的母亲早已决定同她一起回西班牙，靠无尽的财产找一个满意的人家。这对于诗人罗德里格斯来说简直是糟透了，他无法借机捞上一笔。

科尔特斯母女俩在卡斯蒂列哈德拉库埃斯塔安顿下来，在一个庄重的仪式中接过了科尔特斯的纹章盾和肩衣。曾陪伴征服者的众人纷纷赶来，煮个鸡蛋的工夫仪式就结束了。之后母女二人便专心于和阿尔卡拉公爵府结亲一事，颇为迅速地，没比纹章盾和肩衣的交接仪式长多少，事情便完成了。而这其中的原因，则是旧西班牙（胡安娜·科尔特斯这么称呼西班牙，是因为它已开始变得令她窒息）的所有显赫家族已经负债累累，今不如昔。

巨颅

在讲究道德洁癖、反宗教改革派的宗教事务所眼里，枢机主教弗朗西斯科·马里亚·德尔·蒙特身上具备一切他们可以想象得到的缺点。这个威尼斯人，代表着美第奇家族以及法兰西王室在梵蒂冈的利益。金库里的财富几辈子都花不完，他用钱腐化周围所有人，以及自己的身体。他的朋友名单上包括城里最重要的银行家，还有一群只要他乐意就能让教皇日子不好过的主教们。除此之外，他还豢养了一大帮乐师、画家、诗人和阉伶歌者，他们有本事把最具毁灭性的流言蜚语传遍整个罗马城。手中掌控的庞大权力并没有让德尔·蒙特做所有事情都万无一失（在那个强硬派主教和宗教法庭法官横行的时代，只有教皇永远正确无误），但众人对德尔·蒙特表现出了难得的隐忍。他任性顽劣和寻欢作乐的作风在那个时代并不被大众接受，不仅触犯了模棱两可的道德准则，甚至越过了法律的底线。

无论如何，主教德尔·蒙特活到很老才去世，留下了一笔还算可观的财产和一副幽默的形象。说“还算可观”，是因为他不偷不抢。因为西班牙国王费利佩四世，他没能爬上教皇的位置。1621 年的教皇选举会上，刚刚经过涂油礼的费利佩四世促使圣彼得大教堂将法国王室拒之门外，远程下令强制进行投票。在西斯廷的最后一轮投票中，德尔·蒙特败给了亚历桑德罗·卢多维奇，即后来的教皇额我略十五世。

尽管德尔·蒙特手中掌握的权力颇大，但是在当时的罗马城，没有任何一个到过罗马的人会说自己在夫人宫未被热情款待。在那里，他戴着丝绸手套左右梵蒂冈政治整整三十年。作为美第奇家族托斯卡纳大公在这座城市的代理人，从未有人敢告发他那些充满阴谋、错综复杂、害人夺财的勾当。从未有人，绝对是从未有人，敢质疑他发掘艺术品、并使其价值倍增的非凡嗅觉。

如果德尔·蒙特从一个在世画家手中买了一幅作品，并且把它挂在著名的音乐大厅里，那么这位画家的名字会毫无悬念地出现在装饰新礼拜堂祭坛或者新修道院墙壁的候选者短名单上。

艺术史专家海伦·兰登[①]曾经研究过德尔·蒙特主教在夫人宫中的绘画收藏。莱昂纳多、拉斐尔和米开朗基罗的画作经证实

---

① 海伦·兰登（Helen Langdon），著名巴洛克绘画艺术专家，著有《卡拉瓦乔的一生》（*Caravaggio: A Life*）。

为赝品，但是真品包括了五幅提香、一幅乔尔乔内、若干幅路西尼奥和巴萨诺。另外，主教模仿大公，喜好收藏人像作品。

除了各种瓷器和雕塑，主教的藏品清单里还包括六百多幅画。其中有二百七十七幅“未经装裱，长约四掌。画中人包括多位教皇、君王、主教、公爵以及其他著名人士，甚至还有几位女子”。当德尔·蒙特入主夫人宫时，他和艺术家安特卫都铎·格拉马蒂卡（这是他的真名）签署协议，替他画人像。乔瓦尼·贝洛里[①]在《现代画家、雕刻家和建筑家生平》一书中提到，安特卫都铎·格拉马蒂卡在他那个时代是“擅长画巨颅的伟大画家”。

德尔·蒙特很可能是在安特卫都铎·格拉马蒂卡的画坊里与米开朗琪罗·梅里西·达·卡拉瓦乔相识的。在那里工作的日子，画家卡拉瓦乔穷困潦倒，拼命画巨颅但是工钱少得可怜。

大部分用来装饰夫人宫墙壁的人像画后来都遗失了——遗失了也好，因为这些作品狗屎不如，是一个毫无才华的画师在画室中做的复制品的复制版。画师格拉马蒂卡的名字能够流传至今，完全是因为他和青年卡拉瓦乔有所交集，仅此而已。出自格拉马蒂卡画室的作品寥寥无几，笔法完全不像经梅里西的天才之手所绘。也许是因为他根本就没有插手（格拉马蒂卡还有其他助手），

① 乔瓦尼·贝洛里（Giovanni Bellori, 1613—1696），意大利画家、文物收藏家兼传记作者。《现代画家、雕刻家和建筑家生平》（*Vite de'pittori, scultori ed architetti moderni*）是他最重要的传记作品，出版于 1672 年。

或者也许是没有想向任何人证明什么的流水创作。当时，卡拉瓦乔正打算自立门户，在这个当时被称为艺术中心的城市成长为一名画家。他应该也曾考虑过，做这种无法获得丰厚物质条件的工作，就是在浪费时间。

很多描绘巨颅的画作的确被保留下来。它们并不都是巨大无比，而且就是画家本人的脑袋。这个米兰人将自己发高烧的样子临摹到《年轻的酒神巴克斯在病中》里，将在死亡面前的不安而崩溃的神情画入《圣马太殉教》中。1606 年 5 月 29 日，卡拉瓦乔在网球场刺杀了莱努西奥·托马索尼，后被判斩首处死。在之后的几年里，他在两幅画中描绘了自己被斩首的场景：一幅是《手提歌利亚头的大卫》，卡拉瓦乔委托希皮奥内·博尔盖瑟将这幅画送到教皇保罗五世面前，为他说情；另一幅是《莎乐美与施洗者约翰的头颅》，因为遭到教皇派来的刺客追杀，他把这幅画当作礼物献给了马耳他骑士团的大教长以寻求保护。

除了上述两幅画作之外，卡拉瓦乔在《音乐家们》中化身为一名少年。创作这幅画时他已得到了德尔·蒙特主教的庇护，并于 1595 年搬进了夫人宫仆人居住的底层。这是他第一幅仅供主教欣赏的画作：他那半张开的嘴巴如此淫荡，他那赤裸的肩膀如此娇嫩；他眼神如此恳切，凝视着这幅作品唯一的观者，而旁人在这情欲流露的背后看到的则是他对主教的感激之情。在这幅肖像画中，他将自己画成了一名十四五岁的少年，虽然他当时已经是二十四岁的成熟男子。画中人令人感到不安。1621 年教皇选举会商讨中，本为德尔·蒙特囊中物的教皇位置，却因费利佩四世的代表们提出的一个反对理由而终结——主教一直在做一项“善事”，他招收十二三岁的孩童，带进宫中对他们贴身指教。根据其他枢机主教指控（指控的内容众人皆知，因为有匿名者在罗马的帕斯魁诺雕塑脚下传播消息），德尔·蒙特招收这些孩子们的原因，“并非看中他们在智力方面的突出优点或者为了帮助他们摆脱贫困，而是在于他们的美貌”。

此外还有画有卡拉瓦乔脑袋的第六幅画，大概是在他死后十年或十五年用石灰笔在纸上完成的。作者是很熟悉卡拉瓦乔的奥塔维奥·莱奥尼。画中人有着棕色的双眸，几乎在眉头连成一片的粗犷有力的眉毛，邋遢而稀疏的胡子，杂乱无章的头发，满面油光，经过岁月洗礼却依然坚挺的鼻梁。这些特征和卡拉瓦乔的自画像如出一辙，只是莱奥尼版本的仪态缺少了戏剧性。画中人应该就是卡拉瓦乔原本的模样：难以接触，脾气暴躁，随时准备迎接挑衅。右眉向上挑起高于左眉，透着嘲讽、急躁和质疑。嘴角下垂，说明了此人易动怒。他不拘小节，并不是因为爱慕虚荣，而是因为生性孤傲。莱奥尼笔下的卡拉瓦乔也许是六幅画中最悲伤的：这脑袋，属于被自我折磨得无路可逃的那类人；这脑袋，属于那些丢掉了自己本名的人。

1595 年 3 月，德尔·蒙特从屠夫兼艺术品贩子康斯坦丁诺·斯巴达手里买下两幅画，作者是他在安特卫郡铎·格拉马蒂卡“巨颅画室”认识的年轻画家。当时那位年轻画家的艺术生涯刚刚起步，在作品上签名还是用他的伦巴第乳名“M·梅里西奥”，而非后来使用的罗马化的“米开朗基罗·梅里西”。当时他还没有把家乡“卡拉瓦乔”挂在名字的最后并签在作品上，直到成名之后。

主教花了八个埃斯库多买下了《玩牌者》和《算命人》，两幅画价钱相当。同是1595年，卡拉奇每幅画都卖了二百五十埃斯库多。而德尔·蒙特一年进账（这笔钱不是用于搞政治和管理宫殿的，仅仅是支付个人开销而已）就有一千埃斯库多。这笔钱可以买下二百五十幅卡拉瓦乔的作品，平均下来一个月就能买二十一幅。1981年，《玩牌者》被得克萨斯州沃斯堡的金贝尔美术馆以一千五百万美金的天价买下。

虽然德尔·蒙特主教出奇的吝啬，但是他对买来的艺术品的价值胸有成竹。《玩牌者》和《算命人》被他挂在夫人宫显赫的音乐大厅里，引得无数拜访者艳羡。之后不久，他又跑到康斯坦丁诺·斯巴达的肉铺，从他手里买来《年轻的酒神巴克斯在病中》和《美杜莎》，并将它们献给了大公。购置贡品时，主教一时兴起把那肩膀丰腴、小嘴鲜嫩的卡拉瓦乔也一并买下，带他回宫并让他和侍从们同住，随时随地为自己作画。

这一天成为卡拉瓦乔生命的转折点。昔日的孤儿已不再漂泊；现今，他站在网球场上，蓄势待发。

换场

对于昨晚到底发生了些什么，伦巴第人忘得一干二净。在第一轮比赛中，他连自己是怎么回的球都记不清了。也许正因为这种迷迷糊糊的状态，已经输了一盘的他仍能享受换场时的忙里偷闲。围观者们在边廊里四处走动，伸开腿放松放松。还有些人跑去河边小解。画家、抹大拉的马利亚和马太得以享受幸福而私密的独处。

他歪靠在球廊的扶栏上，一肚子问号。他想不明白为什么他会和一个西班牙人打比赛，为什么西班牙人还带来了护卫队，为什么他居然败给了这么一位对手：一个满脸横肉、腮帮子长得像屁股的瘸子。不过，他根本不在乎这些：抹大拉的马利亚胸脯散发的骚气把他魂儿都勾走了，而此时她正问他为什么西班牙人可以随身带兵器而他们的朋友却不能。“他们应该是贵族。”伦巴第人说。他低下头，好像把鼻子拱到那荡妇的乳沟里就能让他与世隔绝——外面的世界压得他太阳穴发胀，嗓子发紧。他吸了口气。“他们那边的几个当兵的都丑死了。”女人说。画家抬起头望向那群人，就那么远远地看着，眼睛半睁半闭。“全是一帮新手，”他说，“那领头的不是。他更差劲，粉得跟猪似的。”说完目光又转向了胸脯。

因为画家没能速战速决地击溃对手，马太心情低落了一阵。他判断对方那伙人可能是从那不勒斯军团来的，但身份不是士兵。他随后补充道：“头儿，他们是雇佣兵。”那口气，好像在说自己的道德操守比士兵、雇佣兵或是其他任何职业的人都高了一等。他背对球场站在头儿身边，后者的嘴巴在抹大拉的马利亚的左边锁骨那里流连。

任何一个和掌控城里边缘阶层的家族有关联的人，如果听到圣马太称呼他的网球手为头儿，一定会笑死。那阵子，画家为主教服务，因此有权配剑上街。他靠上门逼债和街头斗殴挣了些外快，但除此之外谈不上有什么特权和地位。那伙跟着他到处为非作歹的家伙并不抱团。但是每当打架需要帮手时，这伙人便会拎着棍子石头前来械斗，然后将某个街角或是广场划为自己的地盘。卡拉瓦乔所从属的家族很器重他，一是因为这疯子一闹起来就能挑起一场大战，二是因为他和主教关系亲密（主教决不忍心让他在监狱里待上几小时）。虽然如此，家族里的人还是认为卡拉瓦乔不值得信任。

圣马太挠了挠侧身。最后开口道：“咱们为什么不能直接上棍子揍他们呢？”画家叹了口气，鼻子又埋到抹大拉的马利亚的双乳间。“因为他们是西班牙人呀，”她说，“收不了场。”她像是在说梦话，笑容甜美，美眸半开，似乎这个她本不想坠入的凡世，并非是一场充满刀光与斩首的狂欢。“街上终会有一场战争。”她总结道，扭曲的手指拂过画家的喉结。“既然他们愿意和我们打球，肯定不是什么大人物。”要饭的皱着眉头回答道。“我跟你讲，他们肯定是贵族，和他们一起玩球本来就是在冒险。”“赶紧赢了他们，来个了断，头儿。”老要饭的说。画家抖擞抖擞精神，从胸腔里深呼出一股臭气喷在娼妓的胸脯上，抬起头来。他大喊道：“来吧！”这一嗓子，好比一大早堵在酒馆外面唤人开门时的嘶吼。他捡起丢在地上的球拍和球。趁着双方球手换场，边廊里的那些好事者、赌球者和亲朋好友们也纷纷就座。

走上球场的这几步路，伦巴第人走得费力而慵懒。他拖着步子，目不转睛地盯着地面。画家在防守一侧球场站稳，他的帮手从边廊的座位上站起来（所有人都以为他睡着了），抖抖学者袍，凑到画家那里耳语了几句。画家一边听，一边看着地面。整个下午，司线员头一次露出自信的神情，并手舞足蹈地向画家说着些什么。最后，两人跪在地上，数学家在地上横竖画了几条线，又大声击掌。画家耸耸肩膀，教授便又回到观众席数梁子去了。

画家站在发球线后，用鞋蹭蹭地面，昂起头，脸上焕发出魔鬼重生般的光芒。他眯起眼睛，怒吼一声“接招！”这一吼惊天动地，从积压了所有狂怒与暴力的身体深处喷涌而出。

上将和队长

征服者的遗孀和女儿最终都没有再回到墨西哥。母女俩在西班牙度过余生，但对这半岛的人与物也并没有什么兴致。像科尔特斯家所有后裔一样，她们始终无法理解广袤无边的新西班牙为何依附于如此一个弹丸之地。这里的男人居然穿着长筒袜，心情好的时候也会尖声地大呼小叫。“在我父亲的花园里能听到各种语言，比整个旧西班牙的语言加起来都多。”胡安娜对欧洲不屑一顾，她对在这里受到的隆重欢迎和招待也毫不领情。她没有像母亲那样让自己成为局外人，她的母亲欣然接受各种邀请但赴宴之时却一言不发。她也没有因为委身于上流社会阶层而声名鹊起。她的身家财产和婚姻都没能让她走进这个圈子。

在某种程度上，征服者遗孀那还算克制的疯癫合乎情理：步入中年，腰缠万贯，她不用张嘴便可以让身边的人满足她一切需求；但是她抛下这一切，是为了让胡安娜日后有个好归宿。对回到半岛后的幽闭境遇，她展现出冷傲甚至时而优雅的厌恶之情；但她所表现出的这番厌恶，可以被理解。

胡安娜却和母亲不同，她想念美洲想得急切。十四岁出走库埃纳瓦卡，她体会不到战争带来的各种罪行的丑恶，而正是这些罪行给予她美洲公主般的童年岁月。安达卢西亚的花园并不差，但绝不可能令人迷失，更不可能在园子深处将衣服褪去，和女奴家的姑娘们边用班图语歌唱边嬉笑着吐可可仁。而瓜达尔基维尔河呢，富家小姐绝不可能在厨房里狂饮巧克力然后到这里来裸泳。

胡安娜和阿尔卡拉爵位继承人成婚之后，征服者的遗孀将卡斯蒂列哈德拉库埃斯塔的阴暗城堡赠予赤足教派修道院，和女儿一起搬到了公爵府。公爵府名为统帅宫，这名字够响亮了。马丁·科尔特斯每年从新西班牙寄来的钱让母女二人生活得相当宽裕，负担塞维利亚郊外的私人别墅看上去也不过是小事一桩。

若干年后，赤足派修道院将征服者故居卖给了某爱尔兰教会的几位修女。故居至今保留在此教会名下。围城之夜，四千冤魂惨死在剑、矛和火绳枪下；这一幕幕刀光剑影也随着科尔特斯的梦境，被涂洒于故居的墙上。看来，教会已经将承受围城之战的极大苦难，写进了训诫之中。

胡安娜·科尔特斯简直就是弗里达·卡洛的“前世”：虽然她十四岁便离开了新西班牙，身上也没有流淌任何土著民族的血液，但直到去世，胡安娜在私下都穿着墨西哥刺绣衫胡依皮尔。出席西班牙贵族的各种聚会仪式时，她也会用手帕包裹一捧塞拉诺高山椒，放在银色小梳妆箱里，时不时像吃面包似的咬上几口。遇到有 c 和 z 这两个字母的单词时，胡安娜会刻意不咬舌发成擦音 s，表明自己来自大西洋彼岸。毕竟，她也是从教皇和国王这两个“球”里诞生出来的产物。

她像只凶猛的母狼般保管着父亲遗留下来的武器和纹章，但是阿尔卡拉公爵只允许她将其挂在统帅宫花园小屋的墙上。纹章上每一个缺口和损毁之处都是科尔特斯光辉壮举的印证，都是他咬紧牙关、头破血流拼了命赢来的。它们只有摆在这里，才不会让那些装饰在恩里克斯·德·里维拉纹章四周又小又假的兵器显得寒酸。胡安娜在这个房间度过了一生中大部分光景。母亲陪着她，一起编织。母女俩不停地试图说服科尔特斯的外孙女们，她们身上最珍贵的东西就是外公的烈血。

对于胡安娜来说，做出一幅高傲的样子很轻松：每当胡安娜的某个哥哥（他们都叫马丁·科尔特斯，虽然是从不同的娘胎里出来的）在新西班牙因欺君罪被绞死，阿尔卡拉公爵府的金库就会再度被钱填满。

胡安娜偶尔会给女儿们讲讲她们姓氏的有趣来历。据她说，阿尔卡拉公爵家之前只是普普通通的文书。而家族香火得以在皇室中延续，是因为家族中一个女儿嫁给了塔里法领主，继而获得卡斯蒂利亚上将头衔。胡安娜高高地挑起眉毛，示意女儿这职位只是个听上去高贵的摆设，就像是“卡斯蒂利亚的海洋”（她把“海洋”这个单词中的 c 又发成 s）一样毫无意义。这一切，和科尔特斯为了卡洛斯一世而踩在胯下蹂躏的美洲大地相比又算得了什么呢？

虽然科尔特斯身上有众多缺点，但那些心怀不满与愤恨之人、那些拥有一切却又输掉一切的人却将他奉为守护神。他还是后发迹之人的守护天使。他在三十八岁之前什么都不是。三十九岁那年，当他委身于韦拉克鲁斯维拉黎加的阿兹特克帝国海岸的一处临时居所时，突然想到他这次探险勘探应升华为征服与殖民的征程。这片土地应当是国王和教皇（他的两个“球”）的土地，绝不应屈从于古巴那个傻瓜总督，也就是科尔特斯的前岳父。总督女儿是征服者的第一任夫人，为他生了个儿子也叫马丁·科尔特斯。

和驻古巴政府对峙了三年之后，科尔特斯不仅成为欧洲的大名人，并且成了那些将世界干翻却后知后觉之人眼中的王子。对于那些爱好惹是生非的家伙以及对自身成功置若罔闻的人，科尔特斯可是他们心中的领主。他是所有最初转败为胜、随后功败垂成之徒的队长，他们深陷粪坑却还高举利剑。真实生活中的征服者，配不上阿尔卡拉公爵夫人向女儿们不断兜售的大名，但毋庸置疑，他的故事和胡安娜夫家那些掌管着几片乱石滩子的上将们比起来有趣多了。

胡安娜每次对女儿啰唆到最后，总是举起绣花针指向家徽，用纳瓦特语说道：“那把剑砍掉了纹章上那七个酋长的脑袋。姑娘们，这件事你们绝对不能忘记。”说罢，再拿起绣花绷子、线和布料。她的寡妇母亲坐在摇椅上，忧心忡忡地点头赞同。

凯特琳娜·恩里克斯·德·里维拉·伊·科尔特斯差不多就在这么一个家庭环境中长大。她是胡安娜·科尔特斯和阿尔卡拉公爵的长女，征服者的外孙女。十六岁的时候，她嫁给了佩德罗·泰勒斯·希龙，也就是佩尼亚菲耶尔伯爵，未来的奥苏纳公爵，未来的奥斯坦德守护者，未来的那不勒斯和两西西里都督，未来的亚得里亚海海盗。他还是弗朗西斯科·德·克维多日后的主子，以及和他一起挑事胡闹和逛妓院的好弟兄。

天堂

菲利普·德·沙布特和国王以及宫中其他大臣不同，他对艺术、文化或是网球不感兴趣。他唯一热爱的是法兰西的荣耀。

自倒霉蛋洪博捧着第四枚博林球来到他房间那一刻起，沙布特就已经开始盘算：若是将它在合适的时机献予合适的人，这宝贝会给他带来怎样的好处。

用王后的秀发制成的网球去游说乔瓦尼·安吉罗·美第奇简直是不二之选。此人耳根子软，当时掌管教皇国，而且是与教皇就卢尼贾纳[1]的福斯迪诺沃侯爵领地争端谈判的关键人物。一个叫彼得罗·托里贾尼·马拉斯皮纳的家伙（此人赞助了一票平庸的艺术家和臭名昭著的暴徒），派人在卡拉拉港拦截了一批运给法国海军的大理石。

这么一来，博林球是一定要送到罗马了，但是需要包装一番。沙布特特意差人制作了一个嵌金珍珠母的小首饰盒。他要求

① 意大利托斯卡纳区，马萨–卡拉拉省的自治市。

盒子不仅要与盒中物的尊贵与奢华交相辉映，而且匠人的工艺必须娴熟考究，制作工期一定要长。漫长的制作时间的等待，球便被这位热爱法兰西荣耀的大臣（其实荣耀在他所有喜好中排名第二）拿来和身份低贱但双峰高耸的情妇们玩各种性爱游戏。他们在床上翻云覆雨，博林王后烈火般的红发在皮革下阵阵颤动。

佛兰德斯大逃亡

凯特琳娜·恩里克斯·德·里维拉·伊·科尔特斯与佩德罗·泰勒斯·希龙的结合，不止是一桩婚事那么简单：两人社会资源庞大，相互弥补各自的缺憾和能力不可及之处，替对方省去了烦恼。他，利用政治手腕以及自己和国王的关系让几乎销声匿迹的阿尔卡拉家族重见天日；她，带来了丰厚的嫁妆和对骁勇善战的外公的记忆。外公早已去世，也算是死得其所。

奥苏纳刚听说马德里派了一队法警来逮捕他，便坐上去往奥斯坦德的船逃跑了。逮捕奥苏纳是因为他跑去意大利，此举辜负了国王的仁慈。他趁夜色上船，身边只带了一名随从。在那里，奥苏纳参加了皇家军团，后来因战斗功夫过人而出名。

奥苏纳家里没有人像他这么能折腾。他为国王的荣誉而战，然后逃离国王；为了领地而战，是为了得到国王的宽恕；还强迫国王和所有的法官、法警向他表示敬意。他逃亡前带上的唯一家当就是科尔特斯的剑。夫人凯特琳娜将剑从餐厅墙上摘下来交给他。挎上剑后，奥苏纳像个土匪般仓皇上路了。

也许在16世纪末期的西班牙，奥苏纳对妻子的不忠没有几个男人比得上。人们兴致勃勃地总想探个究竟：每次这位年轻的公爵被软禁在家（罪名嘛，尽是关乎酒量大小和寻花问柳的苟且之事），他那可怜的老婆也不得不被关在家中安安分分地陪着他。

在他最后一次、也是形势最严重的那次软禁期，公爵等来了最可怕的时刻：因为得罪了国王而且在宫中树敌众多，他将面临灭顶之灾。得知此噩耗后，凯特琳娜·恩里克斯·德·里维拉·伊·科尔特斯毫不犹豫地给费利佩四世写了封洋洋洒洒的信，为丈夫求情。她称国王为“你”而非“您”，并提醒她的陛下，神圣罗马帝国国王、也就是陛下的曾祖父卡洛斯一世当年如何逼得她的外公埃尔南·科尔特斯不得不苟且偷生：和今天奥苏纳的境遇如出一辙。她还提醒国王，若不是因为奥苏纳守城之功，奥斯坦德早已沦陷，西班牙面对低地国家的进攻早已弃甲倒戈、全军覆没。她所说的这些，某些程度上的确是事实。她还在信里写道，正是因为奥苏纳的浴血奋战，西班牙才得以和低地国家签了停战协约，而非低头认输。

这封信并没有让国王动摇或心生怜悯：1624年9月20日，被软禁的公爵在守卫森严的家中去世。

1599年11月26日，也就是奥苏纳逃亡佛兰德斯的那个夜晚，他的夫人陪他走到统帅宫的大门前。国王派来的法警已经控制了统帅宫，奥苏纳夫妇不得不小心躲藏。“你一定要活下去。”她说道，然后亲吻了他。她拍拍丈夫的胸脯：“肩衣穿了吗？”奥苏纳摸了摸，肩衣在衬衣下面。“别脱下来。”妻子嘱咐道。

银行家和主教

在矫饰主义绘画圈子里，卡拉瓦乔的异军突起将此画派送向覆灭。那些年，虽然德尔·蒙特是他正式的雇主，但这位主教却算不上是卡拉瓦乔画作最大的收藏者。主教凭借敏锐的艺术嗅觉发掘了这名绘画新星。卡拉瓦乔曾经在夫人宫享有一间画室，获得了足够多的订单在视觉实验上大展宏图。但是，被赋予绝对自由和支持后的卡拉瓦乔在创作上到底有何等过人之处？面对这个问题，主教的嗅觉失灵了。在那个时代的大众眼中，卡拉瓦乔那种花花绿绿、色彩鲜艳的风格实在是别扭极了。不仅如此，源于圣经故事的画中人被他刻画得十分不堪，就像是16世纪末期挤在罗马城里的凄苦穷鬼。

身为教皇的首席财权顾问、法国王室主要赞助人的银行家文琴佐·朱斯蒂尼亚尼（他也是德尔·蒙特的好友和邻居），应该是在夫人宫的音乐大厅中看到过卡拉瓦乔的作品。在没有威胁到主教雇主地位的情况下，他陆续买下了米兰人的大量作品。那些作品在主教看来实在算不上装饰，根本不配挂在这位级别如此高的神职人员家中。卡拉瓦乔创作了大量这种极端的、主教不愿示人也无法理解的作品。直到梅里西临死前，主教手中一共有八幅他的画，而银行家有十五幅。

德尔·蒙特和朱斯蒂尼亚尼争夺的不光是卡拉瓦乔的画，还有其他物件。两人你争我夺的藏品名目，在反宗教改革这个敏感时期，着实过分。如果说德尔·蒙特只买到了门徒伽利略制作的第二只商用望远镜，那么肯定是因为朱斯蒂尼亚尼抢在他前面将第一只收入囊中。不论是在主教举办的奢华宴席上，还是在银行家主持的简朴聚会上，两人打开露台的大门、邀众人用望远镜赏月的那一刻必定将气氛推到高潮。月亮是那么近，和塞勒尼特人[①] 一样看得真切。

德尔·蒙特和朱斯蒂尼亚尼的性格完全相反。已婚的银行家替教皇打理财务事宜，对这份工作中各种烦琐任务极不耐烦。空闲了，他便躲到利古里亚的深山老林里猎角鹿和野猪。他身材细长，骨瘦如柴，尖刻狡猾的嘴脸暴露出掠食者的品性。他寡言少语，但博览群书。这位银行家和坐拥世间荣华的主教简直相反。尽管如此，他们的友谊倒是颇为真挚，是上刀山下火海也不会拆散的同盟。两人在梵蒂冈如鱼得水，虽然他们都是城中少数的亲法派。

① 塞勒尼特人，出自乔治·梅里爱的电影《月球旅行记》，是一种月球生物，外形似虫子。

主教和银行家都爱好数学，乐于资助研究机械科学的论文著作。两人在新式炼金术上投入了大量时间和金钱。这种炼金术的目的并非让金属变异或是研发长生不老的丹药，而是探索关于地球最基本元素的知识，也就是我们今天的无机化学的前身。

那些认为世间万物均由同一组物质构成、一切转变均因机械原因发生的人，自然会在卡拉瓦乔笔下的圣人与圣母肮脏的指甲缝（这指甲来自我们的凡世，我们的历史）里读到神谕：这声音，来自一位睿智多于随性的天神；一位与上帝不同的天神，因为上帝高高在上，对于氧化实验中产生的各种奇观或是质量守恒论并没有什么兴致；一位在众生心中真正的天神，为众人所生，不论是穷人、苦难者、政客、男妓还是百万富翁。

卡拉瓦乔之于绘画，如同伽利略之于物理：他们的第二次注目，便诉说了眼前的一切；他们发现空间中的形态并非他物而是对自身的隐喻，而这对他们来说就已足够；他们懂得，掌控人类生存之力的真正神秘之处，并非是它有多么高不可攀，而在于它有多么基本。德尔·蒙特和朱斯蒂尼亚尼对卡拉瓦乔着了魔。银行家是因为爱他的画，而主教则是爱他的人。两人各自住在高高的宫殿里，隔着圣王路易堂广场相望。而圣王路易堂则是梅里西作品最初向众人展示的地方。

在这位米兰画家声名鹊起之时，不出三百米，他就可以为刚刚完成的画作找到买主。

第二盘第一局

伦巴第人的首局开球，落在西班牙人触手可及的场中央。他冒险准备将球直捣入网。画家反手一击，不仅令对手根本无力招架，并且速度迅猛得让对方都没来得及看清球飞行的轨迹。球应声砸在西班牙人这侧球场的一角，界内。“十五比零。”数学家喊，简直就是在窃笑。“别着急。这样打是行不通的。”公爵道。诗人知道，他作为接球方是无法出奇制胜的。他必须静候时机。

西班牙人接住从廊顶落下的第二次发球，然后迅速站到场中央。他站在这里是为了准备拦截住左侧飞来的大力回球，但是对手却贴着右侧将球打了回来。这一击像是出了膛的子弹，令西班牙人无力回天。目睹了开局的你争我夺，公爵的眼珠子都快要爆出来了，懒得起身喊比分。“三十比零。”数学教授低声道。

今早醒来时，伦巴第画家倒是心情颇好。虽然，在第一缕阳光照进他的睡眼时，他被教授拽着脚脖子从床上一把拖了下去。画家在陶土地板上狠狠地摔了一下。屁股碰到凉凉的地面时，他居然感到一丝舒爽。他双手挠挠脑袋，说：“好吧。”还未醒酒，他右手挠挠肚皮，左手搓搓还没消肿的脸蛋。然后他挠挠阴毛，揉了揉太阳穴。他右眼微微睁开一条缝，惺忪的左眼被睡意糊了个严实。

教授早已洗漱完毕，穿戴整齐。画家还在床上犯懒，教授贪婪地盯着他那勃起后坚韧如铁的阳具，在他身边坐下来。“咱们起晚了，”数学家边说边整理披散在画家身上的床铺稻草，“你快起来。昨晚咱们和他们说好了，今天要决斗。”“今天要决斗？”画家问，嘴唇黏黏的，还残留着昨晚炸大肠的馊油味。吃完大肠，他又灌了一大罐格拉帕酒。数学教授轻抚着画家酒足饭饱后硬邦邦的肚皮，顺着肚脐下的毛丛往下摸，又把手缩了回去。画家用手指将左眼的眼屎抹干净。“你不记得啦？”“不记得了。但是待会决斗中我要是杀了人，一定会掉脑袋的。”“不是用剑决斗，只是场网球赛，”数学家解释道，“和一个西班牙人。”画家闭上眼睛，耸起眉毛，舒了口气。他脑袋靠在床上，晃来晃去，然后又挠挠脖子，问教授：“昨晚咱俩上床了吗？”“你喝了那么多，硬不起来。”“那你把我睡了？”“是。”“好吧，你欠我的。”画家伸伸腿，教授则心领神会，从了他的要求，温柔而轻缓地爱抚他的阴茎。“那我享受吗昨晚？”画家问道，半笑不笑。数学家没笑，哼了一声。画家沿着床垫边展开双臂，大腿微张，闭上眼睛。他的屁股在冰冷的地面上不停地摩擦，性爱的愉悦直冲脊柱。数学教授的鼻尖贴着画家的耳朵。当他感到画家的阴茎根部变得粗大时，便轻轻地按压他的睾丸。画家达到高潮那一瞬间，感受到的温柔甜蜜多于雄性的蛮力。他紧紧搂住数学家的脖子。“抱紧我。”“我们得走了。”“再待一会儿，就一小会儿。”

教授将画家的阴茎握在手中，看着它渐渐疲软，然后起身。画家这才睁开双眼，躺在地上看着同伴。数学家感到画家打量自己的目光，是在研究他的头部骨骼曲线。他将手指伸进画家的头发，把遗留在指尖的精液擦拭干净。“你会做我的模特，让我画你吗？”伦巴第人边问，边用鼻尖和下巴去蹭教授软塌塌的阴茎。教授穿戴好以示感谢，示意画家停止两人的暧昧举动。“我不是你的婊子。”他让画家在他身边又依偎了一会儿，“我在外面等你。昨晚咱们发了誓，今天会赴约。这很正式。”画家猛拍了下大腿，意思说他已经清醒了。

画家喝光床边的半瓶葡萄酒，算是解决了早饭。他想，那酒应该是数学家昨晚留下的。之后他去了宫殿的豪华客卧，每次来罗马他都会睡在那里。

画家连发两记重击，稳锁胜局。西班牙人实在找不出任何好位置来拦截对手变幻莫测的进攻。这位来自伦巴第的画家在球场上犹如盘旋的雀鹰，优雅而坚定地将在场的众人如笼中母鸡般玩弄于股掌之间，令他们个个坐立不安。画家球法精湛，打得毫不费力，也并没有表现出被胜利冲昏头脑的模样，一改之前酩酊大醉、睡眠不足、被数学家奸淫后的邋遢样子。此时的画家简直无懈可击，几近完美。“他挥拍的样子像个圣人。”西班牙人在场边休息时对他的帮手说。回到球场前，公爵喊“等等”，然后从脖子上脱下穿在衬衫底下的肩衣，将它挂在朋友的脖子上。“它会给你带来好运。”公爵说道。“这上面绣的是什么？”诗人问，看了看肩衣上已经褪色的图案。“是一位墨西哥圣母，我觉得。她会让你运气好得不得了。”

公爵手下的侍卫们已经把钱输了个精光。他们的头儿又给了他们一笔。与此同时，他观察着自己的球手：他被刺眼的阳光和刚才那局受到的惊吓弄得不知所措，肩膀快耷拉到屁股上了，溃败弄得他垂头丧气。“记住，你待会儿下注，赌分，别赌局。”公爵对奥特罗说，“或许这样咱们就不会输得这么血本无归。”“头儿，我无意冒犯您，”雇佣兵回答道，“但是我觉得咱们怎么赌都是一个下场。”

中产阶级

克维多的父亲佩德罗·戈麦斯所拥有的头衔如下：

神圣罗马帝国王后奥地利的玛丽亚的文牍员

奥地利的安妮的内廷文牍员

至高无上的卡洛斯王子内廷文牍员

现任国王内廷文牍员

克维多的祖父胡安·戈麦斯·德·桑迪瓦聂兹所拥有的头衔如下：

现任国王王后内廷文牍员

奥地利的安妮的宫中侍从

王后的寝宫侍从

克维多的外祖母菲利帕·德·埃斯皮诺莎所拥有的头衔

如下：

王后更衣室贴身侍女

伊莎贝尔公主盥洗室侍女

婚礼

因为国王的出席令她十分气愤，胡安娜·科尔特斯并没有去参加女儿凯特琳娜和奥苏纳公爵的婚礼。胡安娜赠给女儿一条刻有拉丁文的玉项链，这也是征服者堂埃尔南当年送给凯特琳娜外祖母的结婚礼物。这项链就像科尔特斯家其他私物一样，早已不见踪影。

婚礼仪式前夜，胡安娜差人唤来奥苏纳公爵。她告诉他，当她去世时，他将接管征服者遗留下的纹章。她不打算将纹章交给同父异母的兄弟马丁·科尔特斯们，是因为他们还没有蠢到愿意回西班牙。接着，这疯女人伸出手来。而这只手，栖息着广袤的美洲大陆过去和未来所有不幸：她手心捧着一团形如乌黑麻雀的物件，上面画着一个磨损得无法识别的图案。“这是科尔特斯的肩衣，”她说，“我给你的礼物。”奥苏纳像接圣餐饼一样将它接过来。虽然他并不相信关于未婚妻那位法力无边的外祖父的故事，但是他懂得，此时此刻面前的这个女人并不仅仅是在送他礼物，而是在托付给他一个魂灵。“这件肩衣是用库奥特莫克国王的头发制成的。我父亲杀了他，然后剪了他的头发，”胡安娜说，“愿它保佑你。我父亲从未脱下它，他活到很大年纪才去世，握在他手里的人命比任何人都多。”奥苏纳看着手中的肩衣，五味杂陈，不知是惊恐还是厌恶。“穿上它。”老妇人嘱咐道。

公爵没有向任何人提起在婚礼前夜和胡安娜一起度过的这个午后。他从庭院的房间出来时，心思起了变化：沉重但又有些解脱。他早已学会不必为命运而担心。人生只有一条路可走，那就是失败——因为人永远不会知足。

到了晚上，公爵将肩衣从衬衣里脱下来给凯特琳娜看。两人和赶来统帅宫参加婚礼的亲人们吃过晚饭，正准备互相道别。凯特琳娜看到肩衣时，一脸惊讶。“母亲居然把它交给了你，真是奇怪。”她对他说。公爵听后耸了耸肩：“说实话，这肩衣看上去很恐怖。”这片用细细黑线织成的方块材料很结实。上面的人像，已看不出画的是什么。“你说画的是谁呢？”他问未婚妻。“是一位埃斯特雷马杜拉圣母，瓜达卢佩圣母。是印第安人为我外祖父织的。放到蜡烛旁边，它会自己发光。”奥苏纳照做了，但是没察觉到任何变化。他调整了角度，直到昏暗的烛光将图案点亮：身着蓝色长袍、被群星围绕的圣母形象映入他的眼帘。圣母身上发出的光辉如此耀眼，栩栩如生，画中人好像活了一样。奥苏纳吓得一把将肩衣扔下。“我会被点着吗？”“别犯傻了。”奥苏纳未来的妻子回答道。她将它捡起，圣母图案再次闪耀。“这是用羽毛做成的。”她解释道。“羽毛？”“对，鸟的羽毛制成的，所以它看上去闪闪发光。”

公爵将肩衣重新塞回衬衫底下。宴会开始之前，他不得不去休息片刻。他向未婚妻俯首示意，征得她的允许。他离开前，凯特琳娜还是追问那天下午母亲到底和奥苏纳说了些什么。“关于你的外祖父，他在库埃纳拉瓦卡有一个非常大的院子。”“是库埃纳瓦卡。”未来的公爵夫人纠正了他。她补充道：“我陪你到大厅吧。”两人挽着胳膊下了楼梯。这对新人走到门边，两人暂时作别，婚礼后再见面。这时，奥苏纳突然问了一个问题，带着真挚又稍许警觉的好奇：“‘xingar’这个词是什么意思？”

特伦托会议[①]的斡旋与胜利

乔瓦尼·安吉罗·美第奇是个讲求实际的人。他的父亲只是个来自意大利半岛北部的公证员，和佛罗伦萨的美第奇家族没有丝毫关联。而美第奇身上聚集了文艺复兴时期崇尚的三种美德：擅长斡旋，为人克制，行事低调——但话说回来，文艺复兴的没落也有他一份功劳。凭借着这几样过人之处，他得以掌控教皇国上上下下一切事务。他十分喜爱老朋友、弗朗索瓦一世的重臣菲利普·德·沙布特送来的礼物，那第四枚博林球。美第奇将它放在书桌里。和访客商讨复杂的问题时，他会把球拿出来，在两手之间抛来抛去，意思是：废话少说。

博林球来到美第奇家族之后没几年，乔瓦尼·安吉罗·美第奇的姐姐嫁给了教皇保罗三世的某个兄弟。美第奇在爬往教会阶

① 亦译“特兰托会议”“脱里腾会议”。1545 年起在意大利特兰托城（Trento，今译特伦托，当时属神圣罗马帝国）举行的天主教会会议。针对宗教改革运动，宣布所有新教教派为“异端”，称罗马教会的教义和仪式全部正确，继续强调教皇是教会的最高权威。会议受西班牙与法兰西之间战争的影响，时断时续，至 1563 年结束。

层顶峰的路上平步青云：他是元老院中唯一一个同时和法国国王以及神圣罗马帝国皇帝、西班牙的卡洛斯一世保持亲密关系的人。

1545 年，美第奇被推选为拉古萨地区大主教。1549 年，他被选为枢机主教。虽然他的三个私生子总是明目张胆地伴在他左右，但这对他在教会的仕途并没有太大影响。十年之后，美第奇年过七十终于被选为教皇，也就是庇护四世。可惜，那些任命美第奇的大人物们有着自己的打算，美第奇不过是个权宜之举，并不会在梵蒂冈统治很久——但美第奇最终让这些人的算计落了空。

美第奇是位伟大的管理者、从未失败的政治家，对合作伙伴的忠诚像斗牛犬般固执。除此之外，他还是个网球爱好者。在任期中，他会找老年球伴和孩子们打双打。在他管理教皇国以及任拉古萨大主教时，人们经常能看见他在街头玩室内网球：他的脸因为兴奋而憋得通红，和他的三头小牛犊子一起赌钱赌得狠。

和朋友狼狈为奸，对敌人残酷无情，连下死刑命令时的样子都让人着迷：这就是乔瓦尼·安吉罗·美第奇，文艺复兴向反宗教改革以及灿烂的巴洛克艺术的过渡时期的关键人物。

1560 年，美第奇举荐卡洛·博罗梅奥为米兰主教，并将其塑造成高等教职中的模范人物。此人像个方济各教徒一样行事简单草率；但是他受过上等的教育，在暗潮涌动的宫廷中如鱼得水。他虽说是个令人无法忍受的狂热分子，但是也有人格魅力，绝不强人所难。正因为如此，他是新时代道德和审美标准的最佳布道者。这种新式的审美观流淌着禁欲主义调调，背后躲着一双双呆若木鸡的眼睛，听从着声势浩大的教廷改革时代的召唤。

庇护四世任命卡洛·博罗梅奥为米兰主教的原因，是后者担任教皇心腹，处理第一份差事时所表现出的过人的狡黠。这份差事根本无人能胜任，看似毫无希望，直到博罗梅奥出现：这份棘手的差事就是重启特伦托会议的对话。

在特伦托会议被搁置的这十年间，西班牙主教和法国主教之间的分歧愈演愈烈，而唯一能让双方重新见面的办法就是向他们许诺一切从零开始。但是，想达成共识并不容易。这十年里，人类历史上曾经最强大的君主卡洛斯一世退位，神圣罗马帝国由此一分为二。他的儿子费利佩二世坐实西班牙王位，但费利佩永远都不明白，为了保护天主教所做的一切都极为荒谬。此时的法兰西被一位年轻的新教君王所统治，他之前皈依天主教完全是出于政治需要。在同时期的英格兰以及德国北部的北欧侯国，那些虽然已经和罗马脱离干系、但仍然坚持参加特伦托会议第一场讨论的主教们，早就对此不抱有任何兴趣。对于他们来说，只是单纯地做个基督徒就已经是一件令人满足的乐事了，何况还有利可图。没有任何一位主教有能力在西班牙和法兰西新登基的两位国王派来的大使们之间斡旋。

但卡洛·博罗梅奥做到了：他说服西班牙和法兰西大使，若是能在特兰托宗教会议上坐下来谈谈，庇护四世会帮助双方一笑泯恩仇。在双方第一场会谈中，教皇说“我们昨天说到……”的话音未落，讨论便瞬间变得十分激烈。以至于当教皇在会议第二天坚持再次从零开始时，主教们坚决不服从，要求继续前一天下午所达成的条件。

特伦托会议最后一幕的政治运作相比之前的几天会议，也还算巧妙。当博罗梅奥和教皇一致认为西法两国主教的商讨已经进入死胡同时，教皇办公室在没有通知任何人的情况下发布了教皇宪章《应受赞美的天主》，列举了双方会议中所达成的所谓共识，并要求世界上所有的主教遵从此训谕。

当然，有几位不服气的主教不同意到此为止。他们当中甚至有些人，对于敏感话题继续悬而未决的这个现状表示拒不接受，并建议将这些话题放入教义手册中。但是，庇护四世用糕点、美酒、笑容引诱这些主教们屈服，甚至威胁他们。庇护四世清洗异己的程度，是罗马继恺撒大帝之后规模最大的一次。“我认为，”庇护四世在盛情款待那些反对者之后说道，“您应该和我们的老朋友蒙塔尔托主教谈谈。”

蒙塔尔托是教皇手下最卑鄙的宗教法庭法官。他不相信什么达成共识之类的鬼话，他常说的一句话是：“废什么话！没人能做主吗！”他还是新训谕最狂热的拥护者——这样他就可以大开杀戒，把整个欧洲大陆架到火刑柱上。

博罗梅奥应该不会反对这个想法。庇护四世并不在乎，他能稳坐文艺复兴时期最后一任教皇的位置上隔岸观火便足矣：听听音乐，吃吃美食，和朋友一起享受这风花雪月、好不快活的时光。

网球运动及其前身

罗马人有四种球类运动，大球、三人网球、羽毛网球和小球。大球运动里的球是空心的，有大有小：用大球比赛时，球手们赤膊上阵，身上涂满蜡膏（一种稀泥和油的混合物），手掌至小臂套有铁甲。第二种叫三人网球：因为玩球的公共浴室呈三角形，或是因为比赛在三个人之间进行。第三种名为羽毛网球（paganica）：最开始的比赛者多为村民，而在拉丁语中村民叫“pagani”，现在这种球用棉布或皮革制成，羊毛、羽毛或头发等轻盈的材料填充球芯，并不紧致。最后一种小球的比赛一般在尘土地上进行。这四种球在今天已经全部消失。人们现在使用的网球外表为皮革，内芯塞满头发，配以球棍。在佛兰德斯和佛罗伦萨，人们还在玩空心球，并称其为巷球，配有球拍，在罗马很常见。

大学士弗朗西斯科·卡斯卡雷斯[①]写给圣衣会[②]神父弗朗西斯科·茵凡特的信

1634 年

---

① 弗朗西斯科·卡斯卡雷斯（Francisco Cascales, 1564—1642），西班牙人文主义大学士。

② 圣衣会，又作“加尔默罗会”“迦密会”，天主教托钵修会之一。

朱斯蒂尼亚尼的“小小工作室”

16 世纪地中海政治的风起云涌使得文琴佐 · 朱斯蒂尼亚尼这个热那亚强大的圣乔治银行继承者一夜沦落成了穷孩子，因为土耳其人入侵了小朱斯蒂尼亚尼父亲的金融帝国总部希俄斯岛。失去了希俄斯，意味着失去了一切。朱斯蒂尼亚尼一家支离破碎，穷困落魄，逃到罗马城，而这位未来的大银行家当时才两岁。

家道败落之前，热那亚的朱斯蒂尼亚尼家族是西班牙皇室的主要赞助者，生活极尽奢华。土耳其人的入侵让他们瞬间失去了原有的财富，沦为罗马城中的一家普通流民。更倒霉的是，他们因为之前投身金融界而背负恶名，人们对待他们如同对待改宗者般厌恶。在尼古拉斯 · 雷尼尔于 17 世纪 30 年代为文琴佐 · 朱斯蒂尼亚尼画的肖像里，可以瞥见他当年受辱的一丝痕迹：他那夸张的大鼻子，快要把嘴巴都遮住了。

在罗马生活了一阵子之后，朱斯蒂尼亚尼的父亲再度风生水起，生意比在热那亚时做得还要大：新客户里有法兰西国王和教皇，比西班牙的费利佩更有信誉。老朱斯蒂尼亚尼制定并保持了严格的工作和积蓄制度，此举大大影响了孩子们（朱斯蒂尼亚尼和他的神父兄弟，后者是教皇的出纳）日后的工作纪律以及政治立场：永远不原谅西班牙的费利佩二世。因为惧怕被扣上亲改宗者的帽子，费利佩在朱斯蒂尼亚尼家族最困难的时候没有伸出援手。

正因为如此，有件事一直令历史学家们觉得蹊跷：1599 年 9 月底，来自西班牙的奥苏纳公爵佩德罗·泰勒斯·希龙为何突然拜访了文琴佐·朱斯蒂尼亚尼？原因很可能是，对费利佩的追捕已忍无可忍的希龙希望和朱斯蒂尼亚尼结成某种同盟，以重振家族早已败落的名声——联姻时得到的财富也仅仅能让他稍加喘息，并不能保证一辈子荣华富贵。也许当奥苏纳公爵到罗马时便打定主意要去佛兰德斯战斗，并且幻想筹得比凯特琳娜的嫁妆还要多的资金，用来组建一支军队。他拜访朱斯蒂尼亚尼，可能仅仅是因为怀念当年父亲去希俄斯岛和朱斯蒂尼亚尼谈判的那些日子，目的在于商讨费利佩二世用于新西班牙和秘鲁总督辖区银矿开采的借款。

希龙在朱斯蒂尼亚尼府上得知，之前在圣王路易堂看到过的那幅令人炫目的《圣马太蒙召》是由一位没有正经姓名的画家创作的：大家都叫他卡拉瓦乔。

奥苏纳这个人智商不高，但他居然如此钟爱弗朗西斯科·德·克维多，这在外人眼里是个谜。有一个还算合理的解释，在翻译拉丁文或是写作之外，这位有才但倔强的诗人所表现出的性格中放荡逞强的程度，与其骇人的才气比起来不相上下。

佩德罗·泰勒斯·希龙将老婆娘家的财产用于贿赂，几年后摇身一变，混成了个被各色蹩脚律师簇拥的政客。他雇这些人替他写信。可惜在1599年秋天拜访圣乔治银行时，他从未执笔写过任何书信或记录。希龙之所以走到哪里就把诗人克维多带到哪里（虽然克维多也不做任何记录），很可能因为他本人是个不折不扣的文盲。关于奥苏纳与朱斯蒂尼亚尼会面的唯一记录由一名佚名秘书写下。这份访客记录，记载了所有造访银行家位于圣王路易堂广场的宫殿的客人；记录日期为1599年9月28日，内容是“西班牙贵族及逃犯P·希龙于今日造访”。在这句话之后，这位秘书又记录下接待地点为战利品大厅，这个地点说明银行家朱斯蒂尼亚尼压根就没准备和希龙谈生意。

朱斯蒂尼亚尼家的宫殿布置得相当低调，符合主人的为人。那些和它外表风格相似的宅院里会装饰有挂毯和塔夫绸，但在朱斯蒂尼亚尼家只能找到书架；别人家的宫殿有长长的地毯和带舒适靠垫的椅子，这位银行家家里只有破陶罐、铺了地砖的地面和并不舒适的萨伏那洛拉椅；别人家的宫殿（就拿邻居德尔·蒙特主教来举例吧）画廊的无数面墙上挂满了画作，一直快堆到天花板上，可是朱斯蒂尼亚尼家石灰墙上的画零零星星，空荡荡的屋子让来访者们差点患上广场恐惧症。

在构筑银行家传奇般的艺术收藏的所有画作中，只有一幅独享一个房间。这个房间被他称为“小小工作室”，和银行的办公室不同。这幅画是卡拉瓦乔的《友弟德与敖罗斐乃的头颅》。朱斯蒂尼亚尼把它藏在帘子后面：在他就餐或是工作时，帘子拉开；他离开房间时，帘子合上。如此动作，是因为朱斯蒂尼亚尼生怕收拾餐盘或是扫地的仆人的眼神玷污了他的宝贝。如果奥苏纳公爵和他的诗人朋友运气足够好，应该看过这幅画。因为在朱斯蒂尼亚尼把《友弟德与敖罗斐乃的头颅》供在那间小工作室之前，这幅画被他挂在战利品大厅，这是另一间家里女人和小孩禁止入内的房间。

第二盘第二局

如果把第二局的双方激战用一句“画家一举击溃西班牙人”来概括，就太轻描淡写了。尽管诗人使出了超人般的力气来追击对方发来的球并试图给其当头一棒，但是一分都没拿下。伦巴第画家在发球一侧步步优雅精准，如一座无情冷酷的人型时钟。换场后，画家被精准和力量的光环围绕，相比之下西班牙诗人的形象瞬间被贬得一文不值：像是流民、贪睡鬼、各色战斗中的新手。在画家面前，诗人觉得自己病怏怏的，老态龙钟，低三下四：他这一辈子都没有比此时此刻更像个西班牙人。他自觉那条跛腿的缺点被无限放大：他的右脚短了三分之一个拃，而画家正猛冲他的右脚够不到的地方不停进攻。画家倒不是故意趁机欺负他，而是因为他被完美主义的强迫症附了体。“四十比十五。”数学家喊道。另一边的公爵呢，早已将喊比分这件事抛在脑后，更顾不上为争议球是否算数而上前去做一番辩护了——他那张嘴巴光顾着把苦水向肚子里咽了。

数学教授这个人，不爱好网球，不喜欢惹是生非，更少与同性交媾。每当在梵蒂冈有任务，他都会住在德尔·蒙特主教那个老鸡奸狂的家里，搞些不痛不痒的苟且之事以满足私欲。不过如此。当时画家已经将居所和画室搬到夫人宫底层。自从主教向教授介绍他的新宠那一刻起，教授身体深处的重心就产生了偏移。在他眼里，画家野性而无助，脆弱地藏在由调色油、格拉帕酒和乖张行为组成的保护盾之下。教授之所以欣赏卡拉瓦乔，是因为他的性情飘忽不定，是一个自相矛盾的生物：就算是在妓院里和陌生人打架打花了脸，他也会不动声色地继续要酒喝；深夜回到主教宫殿后，他会俯身脱下数学家的靴子，虔诚地舔舐他的脚背。教授这一辈子从来都没有遇到过（以后很可能也不会再遇到）像卡拉瓦乔这种性情极端之人。虽然在他最痛苦的日子里，宗教裁判所那些质询他好几千次的神父一个比一个变态，但他们也比不过卡拉瓦乔。也并不是因为教授对性事有什么特殊的癖好。他觉得，就质地和紧致程度来说，成年母羊的阴道和史上最伟大的画家的肛门没什么太大的差别，和后者做爱，可以顶个科学研究的名头。

接下来发生的事，就是教授看到了卡拉瓦乔的油画：这些画，和他在老家比萨以及后来上学之地的佛罗伦萨，或是帕多瓦（他在这里教书，娶了个与成年母羊和伟大画家没啥区别、但是给他生了孩子的女人）看到的各种油画相比，简直来自两个完全不同的世界。

流金岁月的灵魂仿佛在画家的手中栖息：那黑暗，那干涩，那留白处惹人怜的高傲，一切都令人窒息。在一年前，教授因寻求圣依华堂[①]职位一事造访罗马，他当时和主教说明自己更愿意住在帕多瓦大学。“罗马这个城市的牙齿缝隙很大，”他对主教说，“到处都是空地，和你那位画家的油画一样，一半都是空白和黑暗。”

教授出身于托斯卡纳的一个低等贵族家庭。他的父亲也是数学家，同时也是鲁特琴手。虽然琴身质地粗糙，拨弦指法机械，但音乐的抽象令他父亲的性格更加柔和。在神学院的时候，他父亲和德尔·蒙特成了朋友，两人都在教皇的演奏乐队里服务。但是，日后成为主教的那位加入乐队是为了在教会圈子混得开，而日后成为数学家的则是为了挣几块小钱改善生活。

在主教眼中，宗教是一桩差事：他并不在乎宗教，他在教会中的角色本质上关乎政治，所以他几乎没有主持过任何一场弥撒。但教授的父亲就不同了：他因信仰危机而放弃了神职，对子女的教育理念也尽量远离天主教等级观；他们一家人住在比萨，在那个年代，这个城市弥漫着从威尼斯共和国飘来的宽容气息。主教和诗琴手父亲年轻时因音乐而相识，彼此之间神秘的友谊纽

① 一座位于意大利罗马的天主教教堂，由建筑师博罗米尼设计，修建于1638至1641年。

带保持了一辈子。

后来父亲去世了，教授成了孤儿。虽然两人相距甚远，但主教将年幼的教授纳入其羽翼之下。老友的长子才高胆大，主教甚是喜欢。主教在教授勇攀学术高峰的路上提供的支持，远远超出了他对老友的情谊。

数学家在夫人宫留宿时，会尽量避开每日造访沙龙的招摇名流、无休止的宴席以及以琴韵开场淫舞收尾的各种音乐之夜。胖得流油的主教们，由收腹挺胸的神学院学生陪坐（这帮学生来的时候就穿着裙子）。数学家一般会早早退场。他回到自己房间之前会跑下楼到侍者的住宿区，看看卡拉瓦乔是不是还在作画，还是正准备出门和狐朋狗友大闹个通宵。这帮人寻欢作乐的野蛮劲儿让数学家觉得更为有趣。

在创作的夜晚，画家是不会出去胡闹的。这个时候，数学家便会在一旁看着他，看着他为了临摹模特的一个脚趾头让模特在烛光下端坐几个小时。在罗马陪伴画家的那些夜晚是数学家的最爱，也只有在此时，他可以同画家在一种清醒的状态下交流。每当画家闲来无事、手头没有任务的时候，数学家也很享受与他一起在卑鄙下作的苟且勾当中迷醉。画家在夜间闯下的功绩带着一种狂怒而真挚的气息，这股怒气后来被烙印在了他的作品中。

在某次无法脱身的夫人宫宴席上，数学家不经意间看到了这一生中见过的最美丽的一件教服配饰。一顶色彩斑斓、光芒四射的主教法冠，是一名海外的主教献给教皇，在特伦托会议上佩戴的。在那次宴席中，这顶法冠并非作为艺术品来展览，也并非为了回忆罗马教会历史上的那次分崩离析，此刻，它仅仅是个极其奢华的物品，奢华得甚至有些污秽，和大主教的妓院倒是般配。尽管如此，法冠在数学家眼中仍然艳光四射，它反射的烛光令其更加美艳而不可方物。

第二天，数学家跑到法冠的买家费德里科·博罗梅奥主教的办公室，想再细细端详。拿起法冠时他才发现，法冠上的圣言和耶稣受难的场景并非刺绣在绸缎上（他之前是这么设想的），而是由羽毛制成，与油画的质地相比，更像由金银线缕织成。“这顶法冠产自何地？”数学家问主教。“新大陆的一个叫美楚肯的地方。”主教回答道。“是哪位艺术家的作品？”“那里的印第安人做的。”数学家将法冠拿在手里翻来覆去地看，他记得这物件比现在看上去更闪耀。虽然对工艺的近距离观察令他十分震惊，但是数学家有些失望，因为在前一晚的宴会中，数学家依稀记得这物件会自己发光；也许只是幻觉而已。“为什么它现在不发光了呢？像昨晚那样。”他掂了掂法冠，还闻了闻。“这是印第安人的秘诀。只有在烛光下才会发光。”尽管主教面露难色，数学家还是将法冠借走几小时，并将它放在自己研发的强力镜片下细细观察。第二天，数学家便将它还了回去，承认这法冠的确是件令人称奇的宝物。

和那套关于子弹轨迹的研究（画家深谙此术，尤其是在网球场上赌球的时候）相比，数学教授从未完成关于光的任何完整理论。他一直希望自己能够写成。在1615年写给皮耶罗·迪尼[1]的一封信中，教授向迪尼提起新大陆会发光的绚丽羽毛，和他在帕多瓦花重金购入的一枚磷光闪闪的石头。后来，关了几年监狱之后，他又在另一封信中坦白道，如果当年他能够将那些零零散散的点子汇集成一部关于光的理论，他在监狱里吃糠咽菜的日子还能好受点。

“就是因为那个该死的数学家，”目睹了第二局惨败的公爵对诗人说，“你看见打第一盘时，他一直在算来算去吗？鬼知道他在换场的时候跟你的对手说了什么。他肯定是发现了某个你接不到球的位置。”诗人扬起眉头，说：“这我倒是没注意。”

---

① 皮耶罗·迪尼（Piero Dini, 1570—1625），佛罗伦萨颇具影响力的知识分子及主教，与伽利略相识。

废墟之中的赞主诗

1525 年 2 月 28 日是个忏悔星期二[①]，而在这一天库奥特莫克国王梦见了一条狗。国王被拴着链子困在床上，安静地等待着同被囚禁的塔库瓦城主忒特勒潘奎照醒来，和他讲述自己刚才的梦。“你确定吗？”忒特勒潘奎照王子睡眼惺忪地问国王，国王已经在这个临时搭建的牢房里无所事事了好几个小时，他一直盯着天花板。“我确定，”国王回答道，“那条狗在我面前坐了一晚上，舔我的脚。”忒特勒潘奎照用被链子拴住的手背擦擦嘴，问：“哪只脚？”

算上忏悔星期二的上午，王子已经在这里度过了一千二百七十六个夜晚。每晚入睡前他都心存幻想：他希望所经历的这场人间惨剧末日终将消散，放过他那残缺不全、被镣铐锁住的身体；而他的身体早已垮掉，即便没有镣铐也逃不出去。

---

① 源自法语 Mardi Gras，直译为油腻的星期二，又称忏悔节，是基督教大斋期的开端。在许多地方人们通过狂欢、化妆舞会和化妆游行的方式来庆祝这个节日。

在一个夜晚，特拉斯卡拉的一队卫兵将试图逃离墨西哥城、打算在特斯科科湖背水一战的库奥特莫克国王逮捕。自那一天起，库奥特莫克每日都祈求神灵们赐他一死。出于某些并不明朗的动机，埃尔南·科尔特斯决定将国王和忒特勒潘奎照王子囚禁在一起。王子一直坚持守护在国王身边，直至特斯科科战役的最后关头。

这位曾倾尽全力组织特诺奇提特兰城防御战、没有留下继位子嗣的年轻国王于 1521 年 8 月 13 日圣希坡律陀节那天被生擒。噩耗瞬间传遍了都城的每个角落。都城的守卫者纷纷缴械，走上街头。他们或许仅仅希望能在被屠杀前能喝上一口清水：在围城的第一天，西班牙人停了城中的供水系统，而特斯科科含有硫磺的毒湖水根本喝不得。人们走出家门，处于一种介于蔑视和冷漠之间的状态：他们早已向众神发下毒誓，如果“世界之根”墨西哥城倒下了，墨西加人也会灭绝。此时他们心中没有了希望，纷纷投降于屠杀仪式，任人宰割：家被洗劫，人被奸淫、被斩首、被狗吃掉。他们庆幸自己死得足够快。

特诺奇提特兰城倒下的一瞬，世界似乎被消音了：虽然与同等惨烈的耶路撒冷以及君士坦丁堡所经历的浩劫相比，这场城殇引发了更多的现世余震；虽然在这三场浩劫之中，整个世界都被颠倒推翻，被历史变癫狂时倾泻的鲜血和污物所吞噬。但在特诺奇提特兰城，对罪行的愁思过滤了一切人与物：就好像是那些终于得逞的人们确信，他们今天破坏的，以后再也无力将其复原。

在科尔斯特写给西班牙国王的信中，看不到丝毫沾沾自喜或是得意之情。科尔特斯写道，阿兹特克王朝的脊椎终被碾碎，墨西加统治者已被击垮。似乎历时三个月的围城之后，征服者疲惫不堪，和被他打败的特诺奇提特兰人一样被饥饿和干渴所折磨。西班牙人没有举行任何仪式或者游行庆祝胜利。废墟之间，有人颂起一首赞主诗。第二天，所有人便投入了浩大而费时的废都重建中。

1521 年 8 月 13 日这个日期，在一份关于库奥特莫克国王被逮捕的潦草手写记录里被提到。若不是因为西班牙掠夺者兴冲冲地跑到莫克特苏马宫，愤然发现并没有什么金银财宝，这场战争的某些人物或许不会被定性为英雄或恶棍。西班牙人在战役中抢来的金子根本打发不了那些对分赃垂涎了好几年的军队。就这样，西班牙人的队长科尔特斯做出了他人生中第一个糟糕的领导决策：留了库奥特莫克国王活口，让他当替罪羊；并且在广场上当众折磨他，逼他坦白所谓金山银海的藏密地点。而显然它们根本不存在。

西班牙人把滚烫的沸油浇在国王的手脚上。国王最初颇有礼貌地向科尔特斯求得一死，但是他们没有轻易放过他。之后，礼貌的祈求变成了惨叫，最终变成了诅咒。贝尔纳尔·迪亚斯·德尔·卡斯蒂略（或者其他见证酷刑并记录的人）对国王只有同情，对队长的所作所为感到羞耻。

直到1525年的忏悔星期二，国王已经经历了一千二百七十六个日夜的折磨。那天早上，一个名为克里斯托弗·墨西卡尔钦戈的印第安人来到那所临时搭建的小监狱（后来此地被命名为坎佩切），要把国王和塔库瓦城主带到科尔特斯那里。进屋时，这两人居然在微笑。

库奥特莫克在当天上午被拉到暗处勒死，死前没有任何审判仪式。据谣言，库奥特莫克试图组织所有的残兵败将，发动一场针对拉斯伊维拉斯和贝登征服军的谋反，这显然根本不可能成功。科尔特斯牵着铁链拖了库奥特莫克一路，他不想把这个印第安国王留在仍在重建中的墨西哥城里。

库奥特莫克居然在这么一个嘉年华周二[①]被杀害，颇为讽刺：他四肢残缺，身缠铁链，扮演了一个显而易见的“丑陋国王”的角色；而只有他的死才能使整个世界沉浸在圣灰星期三[②]的源生之水中，四十天之后原地重生，从而被救赎。

当塔库瓦城主和墨西哥国王呼出生前最后一口充满腐尸味的气息，科尔特斯当即下令斩下两人的头颅，并挂在镇上最显眼的位置，也就是两人度过生命最后一夜的地方示众。此举是为了以儆效尤，警告那些试图借着丛林的掩护造反、蠢蠢欲动的人

① 嘉年华周二（Carnival Tuesday，亦作 Shrove Tuesday）为宗教节日，之后一天便是圣灰星期三。

② 基督教大斋首日，耶稣在这一天被出卖。

们。那位叫克里斯托弗的印第安人实施了斩首，并将两人的首级挂在矛上，然后将矛插进了一棵木棉树干里。当地的酋长对此种大逆不道、亵渎神树的行为没有做出抗议：自从这帮穷凶极恶的西班牙士兵在嘉年华周一那天早上从林子里突然冒出来（简直噩梦一场！），这位酋长为了保住性命已经竭尽全力，他甚至假装皈依了基督教。

印第安人克里斯托弗正要把库奥特莫克的头颅插在矛上时，科尔特斯命令他把这头颅上的毛发剪下。“剪下的头发交给堂娜玛琳奇。”他对印第安人说，边说边把袖子放下，坐下准备在酋长的小茅屋里吃早饭。“你告诉她，”科尔特斯继续说道，“让她给我缝一件肩衣，让我得到我的上帝、圣母和‘瓜特莫辛’魔鬼们的庇佑。”说罢，科尔特斯从脖子上取下一条项链，项链上挂着刻有埃斯特雷马杜拉的瓜达卢佩城圣母像的银币，他把项链交给克里斯托弗，吩咐道：“让她把这个形象织进去。”

国王被割去首级的遗体被砍成一块块，扔到火里，丢弃到不同地点。科尔特斯读过关于尤利乌斯·恺撒的故事，别人休想偷回这具被命运之神放在人生道路上的维钦托利[①] 的尸体。这就是他把库奥特莫克掳到特尔米诺斯泻湖，要趁着南部组织

① 维钦托利是阿维尔尼之子，在高卢战争末期，他领导高卢人民试图将入侵的恺撒及其军队赶出高卢。最终，他在阿莱西亚战役中败北，随后被押送至罗马关押，并在公元前 46 年恺撒庆祝胜利仪式期间被处决。

有序的城邦察觉之前将国王的遗体处置掉的原因。

此时的科尔特斯已经将定制肩衣这件事情忘得一干二净。一旦解决掉库奥特莫克，他便将最近发生的一切抛在脑后。新的人生阶段开始了，他也抛弃了他的贴身翻译、政治顾问、军事战略参谋和情人玛琳奇。科尔特斯命令他的一位部下娶玛琳奇并带她回奥里萨巴。他将村庄的公社土地作为礼物赠予这对新人，还送了负责劳作、为两人做牛做马的印第安人。

西班牙不用羊肠线

球拍：在球类运动中，球拍是用来击球的厚板子。长约两拃，带有手柄或是把手。手柄或把手末端逐渐变圆，为呈半月形的球拍部分。球拍通常裹以羊皮纸，用胶水固定，以防击球时损坏球拍。

《权威词典》

1726 年，马德里

罗马城的第二场大火

一幅完美展现其尊容的肖像画里，教皇庇护四世是一定要坐在桌旁的：光线明暗交织，画中的主人公正在主持一场庞大的巴洛克晚宴。毕竟，庇护四世当上教皇，可谓是现代社会燃起燎原大火的开胃菜。

在这幅颇理想的肖像中，庇护四世坐在桌边，一手端着一杯白葡萄酒，另一只手拿着一把杏仁。他身穿的紫色法衣上沾着盐粒，吃了几片厚厚的野猪肉肠，弄得胡须油腻腻的。他旁边有个小餐桌，桌上的瓷盘上摆着金枪鱼肉条。教皇，美食，美酒。除了这些，画中还有更多细节：餐桌摆放在天台上；宴会是在夜晚，画中有若干火把；还有一大群身上裹着天鹅绒面料衣饰的仆人，正毕恭毕敬地服侍着教皇陛下。在这幅肖像中，庇护四世高高在上地看着罗马在火中燃烧：烈火和现代性，现代性的烈火在为自己铺路。然后整个欧洲都被火吞噬，教皇的脸庞被这火光映亮。欧洲的时局因为一系列历史事件而过热，包括对加勒比地区的发现和占领，征服墨西哥和秘鲁，以及改革派主教领导的叛乱。庇护四世此人讲求实际，但心中却并未按此方向算计谋划。他签署特伦托会议协议这件事，仅仅意味着吞噬欧洲的星星之火被点燃。

被炼狱之火亲吻丝绸拖鞋的人不止庇护四世一位。在他身边的还有卡洛·博罗梅奥，反宗教改革最卓越的盲从者和代理人。还有蒙塔尔托，用血与火行刑的宗教裁判员。

蒙塔尔托之后成为教皇西克斯都五世。这圣名听上去别扭，也许正因为如此他还有个流传许久的“铁教皇”的绰号。博罗梅奥呢，虽然没有其他两位所拥有的帝皇威严，却是幕后操纵庇护四世和额我略十三世的大人物。博罗梅奥去世早，死后立刻被奉为圣人。他的遗体葬在米兰大教堂内殿之下（也就是今天的圣卡洛祭堂），保存在一个像白雪公主睡的水晶石棺里。他黑魆魆的、变成木乃伊的身体令人毛骨悚然，裹着珠宝和袍子，两欧元就可以参观一次。

为了让三位主教集中在一幅完美的庇护四世观火像中，必须琢磨个令人信服的好理由。也许教皇得知博罗梅奥即将离开米兰前往梵蒂冈办公事，请博罗梅奥来讲讲关于城市疫情控制的报告。蒙塔尔托呢，因为之前正和教皇商量某些事，也许就这样留下和他们一同共进晚餐了。

还有可能是博罗梅奥主动邀请了教皇和宗教裁判员前来参加私密会议。地点在科隆纳宫凉廊，那里是教皇城中米兰贵族的正式居所。秘密小团体的三人虽然各怀心事，但当谈起未来巴洛克世纪的雏形，他们在特伦托会议决议一事上产生了共鸣。他们成了肩并肩手挽手的好弟兄。

假设这次会议召开于1565年（那一年西班牙占领了菲律宾群岛，地球终于变成了个圆，如同一个网球），三人中最年长的庇护四世，则会听到死神从他骨头里发出的召唤。他那伦巴第人特有的宁静蓝色双眸慢慢褪成空洞而近乎透明的颜色，视力也已然衰退。教皇已六十六岁，胡子全白了，因为长期放纵造成的超重使他呼吸困难。卡洛·博罗梅奥当时只有二十七岁：他面部憔悴，骨瘦如柴，没有刮胡子的长脸让人想起格列柯[①]画笔下的人像。日后杀人无数、大权在握的蒙塔尔托主教，是个站在四十五岁十字路口的中年人：在这个尴尬的年纪，想大干一番，太老；想洗手不干，又太年轻。在这次私会中，蒙塔尔托得知庇护四世死后，他将变得形单影只。蒙塔尔托一向专注于吊死、谴责和肢解几乎半个欧洲的人口，却忽视了和罗马元老院的政治往来。这使得他在教皇换任中幸存的胜算很小。

在这幅庇护四世和他两位兄弟眺望烈火的完美肖像画中，三位主人公看上去兴致都不错，正准备指点江山。他们坐在位于埃斯奎利诺山坡的科罗纳宫凉廊上，在16世纪这个地方还保留

① 格列柯（El Greco, 1545—1614），西班牙画家。

有罗马帝国的遗迹，而暴君尼禄曾在这里远远地看着罗马毁于烈火。他们站在露台上，深深沉迷在火焰之舞的魅惑中。仆人和守卫站在缠满常青藤的罗马柱旁，院子里的植被散发出某种油脂，织成了将反宗教改革烈火隔离开的、徒劳无功的最后一道防线。而这场烈火，终将把一切吞噬。

贪婪

1618 年 3 月 14 日，克维多在给佩德罗·泰勒斯·希龙的信中详细地描绘了国王宠臣乌塞达公爵收到贿赂时表现出的贪婪及残酷的细节。克维多写道，乌塞达宫的那帮人无比贪婪，瞬间便将赃物抢个精光，连包装都没剩下："他们连棉花都不嫌弃，拿去做烛芯了。"这些人给包装盒也找了个好用途："做包装用的木头盒子有些损坏，我本以为没人稀罕。但是当他们发现这盒子的材料是杨木时，便欢呼雀跃起来，纷纷抢去用来制作网球拍子。"

关于命名，以及如何命名的混乱史

当我搬到纽约时，之前在墨西哥的生活已经变得令我不安，这不安多于愉悦。我至今仍难以开口解释离开故乡的原因，但我知道它和一个问题相关：如何命名事物。

生活在墨西哥时，面对家乡的人与物，我们早已不用他们原本的名字。现在，我们的羽蛇神①的蛇首无限增长和繁衍，但毒牙的解药却早已耗尽。

有时候，“墨西哥西班牙语”这个称呼会令人不安，并容易被误解。“墨西哥西班牙语”从纳瓦特语中继承了温情和礼貌：纳瓦特语是世界上最温柔和优雅的语言，如鸟儿般轻盈。当一位马德里人或蒙得维的亚人走进房间，他们会说“劳驾”。若换作是墨西哥人，他们会像构筑建筑一般，拟出句法极为复杂的、同时包含否定从句和动词条件式变位的客套话：“如果不给您添麻烦的话，我可以进屋吗？”假设我这部小说中所描述的网球赛发

① 中部美洲文明中普遍信奉的神祇，一般被描绘为一条长满羽毛的蛇的形象。

生在16世纪的墨西哥，假设埃尔南·科尔特斯邀请莫克特苏马国王在卡洛斯一世或亨利八世那样的球场上来场较量，在场的墨西哥人才不会喊出“接球！”这种简单而粗野的话，而是“劳烦您接一下球”。

按照纳瓦特语的礼数，在人名后面加上指小后缀“tzin”以示礼貌。在西班牙人到达美洲之前，瓜达卢佩圣母被称为“陀南特里”（Tonantli），意为“我们的母亲”。已经很久没有人这么称呼她了，但她曾是并仍然是我们的小小母亲“陀南特钦”（Tonantzin）。在西班牙语里我们称呼瓜达卢佩为“圣母”（La Virgen）。但当那些虔诚的墨西哥人当面向她祷告时，他们会亲切地唤她“小圣母”（La Virgencita）。倒不是因为墨西哥人比其它西语国家的居民们更加多愁善感，而是因为纳瓦特语在墨西哥西班牙语的身上留下了累累伤痕。虽然已经有两三百年没有人说过纳瓦特语了，但在我们大脑的“硬盘”里，那个被标注为“母语”的文件会时不时地突然将自己点开。

人们至今仍难以相信，在16世纪曾存在过一个如此庞大的帝国。它的统治阶级极为嗜血，而帝国王子们的名字却被加以后缀“tzin”：“Tizoctzin”“Ahuizotzin”，还有莫克特苏马（Moctezuma）的莫克特苏莫科特钦（Moctezumoctzin）。这种像唤小孩子的叫法诡异而魅惑，而且至今仍被使用，所以我认为把它记下来十分必要：比如说大家叫土匪和杀人狂华金·古兹曼为“Chapo”，翻译过来就是“小矮子”。但是对于我们的总统，大家已经不再在他们名字后面加指小后缀了，但是我并不确定这背后的原因是否是因为他们都不够称职。也许，一个人只有足够努力，才能配得上指小昵称。20世纪唯一一位真正被人民爱戴的墨西哥总统拉萨罗·卡尔德纳斯，被大家唤作“塔塔”（tata）：在纳瓦特语里，“塔塔”指祖父。

我向你们开诚布公吧：你正在读的这一页，全部是翻译过来的。在某些语言中，当读者看到“库奥特莫克国王”（Cuauhtémoc）变成“库奥特莫克钦”（Cuauhtemoctzin），或是什么“瓜特木兹”（Guatémuz）、“瓜特木钦”（Guatemotzin）时（这些变化取决于不同的说话者和不同的背景），并不会望而却步。但在其他语言里，名字变来变去会让读者越来越疑惑。对此，我并没有感到任何不妥：多亏了科尔特斯的随身翻译——玛雅公主玛琳娜丽·特内帕尔；若不是她将库奥特莫克唤作库奥特莫克钦，我们的世界观将不再完整。埃尔南·科尔特斯将国王的名字错念为刺耳的瓜特木兹（不是因为科尔特斯自大，就是因为他聋得要命），之后他就一直将错就错并把这蠢名字写进了寄给卡洛斯一世的信中：若不是当时有人将这个事件记载下来，我们的世界观会更加残缺。我不清楚、也不可能搞清楚科尔特斯是否叫过国王“瓜特木钦”。虽然这部小说关于科尔特斯试图展现自己的外交手腕的那一段里，我的确是这么写的，科尔特斯的确用了“瓜特木钦”这个错误昵称。但是我写这部小说的目的，就是为了命名那些消逝的人与物，并将记忆中的处处空白用臆想出的档案和文字填补。

反过头来，库奥特莫克也会叫玛琳娜丽（Malinalli）为“玛琳钦”（Malitzin）。就好像他所属的政治阶层对这位印第安姑娘还抱有希望，虽然她是那位刚打完胜仗的当地首领的泄欲玩偶。这正好解释了我刚说的道理：我这本书不是用来理解世界或是理解如何命名世界的机器。我们都知道，“玛琳奇”（Malinche）这个难听的名字是科尔特斯搞出来的，因为他不会说或是不愿意说“玛琳钦”。他的纳瓦特语发音简直蹩脚至极，听得众人晕头转向。征服后幸存下来的印第安人居然都称科尔特斯为“玛琳奇”，因为他们根本就是被科尔特斯的纳瓦特语搞糊涂了，根本不知道这个名字其实是这位西班牙人用阿兹特克人的语言来唤他那位情妇的。

在征服美洲大陆的过程中，有一场决斗：一边是委身于科尔特斯胯下的玛雅公主，其仇恨让世界不再守恒，另一边则是目睹了帝国的疆域被一举消灭的年轻国王库奥特莫克。我坚信，随着玛雅公主名字的不断变化，两人之间的这场决斗也变得愈发明朗：“玛琳娜丽”是公主兼妓女；“玛琳钦”是士兵和政客的喉舌，他们将历史攥在手中却全然不知；天主教名“堂娜玛琳娜”是征服者孩子们的母亲，墨西哥城外某西班牙宫殿的女领主；而“玛琳奇”这个名字的主人，则是那个将美洲拱手让给欧洲人后便从历史上销声匿迹的婊子。在玛雅公主玛琳娜丽·特内帕尔的一生中，她扮演了多重角色。她和我们其实一样，只是她享有我们无法企及的特权：每一个角色都有一个不一样的名字。在今天我们所讲的西班牙语中，她的名字变成了“malinchista”这个词的词根，用于形容“那些鄙视本土文化的崇洋媚外之人”。

卡拉瓦乔这个所谓的姓氏前面到底有名还是无名，有着至关重要的意义。世界上最勤恳的传记作家彼得·罗伯（Peter Robb）都不敢再在他所著的《M：那个成为卡拉瓦乔的男人》(*M: The Man Who Became Caravaggio*) 的题目中大胆拼出“米开朗基罗·梅里西”这几个大字，仅仅用字母“M”来代替：因为没有任何现存史料记载能够证明卡拉瓦乔自幼便被称为“米开朗基罗·梅里西”；这个名字在他成年以后才最终定型。史书记载，这位画家的父姓是来自米兰本地的“梅里西奥”(Merixio)，后来画家开始卖画时将这个姓改成了罗马化的“梅里西”(Merisi)。极有可能的是，当他来到罗马时，把姓前面的名字也改了：在本名“米谢勒”(Michele) 后面加了个后缀“安吉罗”(angelo) 后改成了“米开朗基罗”(Michelangelo)，也是为了模仿意大利历史上那位最著名的艺术家。再后来，他决定把前面所有的杂七杂八都抛掉，只保留那个与生俱来且充满神秘感的“卡拉瓦乔”

（Caravaggio）：那是他家乡小镇的名字，一个不起眼的小地方。这就好比安迪·沃霍尔在自己的彩色画作上签上了家乡的名字，“匹兹堡”。

在这本书里，库奥特莫克不是别人，就是库奥特莫克。但是，如果这本书刻意避免因姓名切换而产生的困惑，或是将这些名字列在书末以营造一种清晰的假象，那就等于将读者从球场上轰走、将他们赶到观众席上。小说不像笛卡尔坐标系那样能让读者一目了然：教皇庇护四世姓美第奇，虽然他和佛罗伦萨大公美第奇没有任何血缘关系；有两个姓博罗梅奥的，两人都是米兰主教；埃尔南·科尔特斯所有的男性子嗣都名为马丁，而他人生中最重要的几个女人都叫胡安娜。在那个时代，这些关于姓名的史实早已乱作一团了。试问，当他们出现在一部小说中（这部小说不追求忠于历史真相，但希望提出关于我们现在所生活的世界的理论），这种混乱的状态凭什么不能继续下去？

问题在于责任，当我面对那种符合情理的恐惧感时所背负的责任——故事讲完了，却没有人听懂，这就是恐惧所在。对于我肩负的责任来说，冒着不被理解的风险也是值得的。引领读者是作家的唯一责任：引领着他们，将他们从不确定的困扰中解放出来，守护着他们和书籍达成的那份神秘动人、忠贞不渝的盟约。但麻烦在于，对于改变名字为何在墨西哥是如此重要的一件事，我也经常感到不解，我的直觉告诉我在这背后有一堆关于改名的历史和权术。当某些事情对作家来说显而易见，那么我认为叫作家不去将这些事情刻意掩盖还算合乎情理。但是，若是事情变得模棱两可，那么我觉得作家应该保持这原有的模糊状态。最靠谱的做法则是将我的疑惑通过文字传递下去，让对话踏上更高的台阶——和我相比，我的读者将会觉得眼前更加明亮。

《友弟德与敖罗斐乃的头颅》

《友弟德与敖罗斐乃的头颅》这幅画长约两米，高一米半。运送此画并不容易，但也不至于求别人帮忙：手抓住画框下沿两端，肩扛着中间的横档，这样还是可以把画运过圣王路易堂广场的。卡拉瓦乔画完这幅画之后便如法炮制：他在画室里将画一把扛上肩头，穿过两侧分别是服务间和厨房的院子，然后从广场的这一头走到那一头，把画送到银行家文琴佐·朱斯蒂尼亚尼府上。就是这位银行家想要买卡拉瓦乔的这幅画。

《友弟德与敖罗斐乃的头颅》是16世纪迈向17世纪时，卡拉瓦乔跻身于罗马艺术界顶级名流之前创作的最后一幅作品。他一大早扛着这幅画交到朱斯蒂尼亚尼府上时，圣王路易堂一定还没有开门，早间弥撒尚未开始。当时他还在创作另两幅画，《圣马太蒙召》和《圣马太殉教》。这两幅画在未来会被挂在圣王路易堂的孔塔瑞里小礼拜堂里，但卡拉瓦乔迟迟未交付作品。和教堂会众签下的合同上的交付日期已经被他拖了又拖。还没等画完，为了纪念同名使徒并赐名小礼拜堂的大主教马修·孔塔瑞里就已经去世了。

卡拉瓦乔延期交画有两个原因。首先，孔塔瑞里礼拜堂订制的这两幅作品是卡拉瓦乔首次为礼拜场所作画，他希望这两幅即将向公众展示的作品成为杰作（毫无疑问，的确是杰作）。另一个原因在于，卡拉瓦乔懂得他的成功完全依仗了两位慷慨的伯乐，德尔·蒙特和朱斯蒂尼亚尼。他们俩的需求和其他客户相比永远都会被放在首位。

1599 年 8 月 14 日，卡拉瓦乔送画的那个早上，天气肯定特别热。画家很可能没有穿那件在罗马警区被捕时裹在身上的著名大黑袍。在所有关于这次逮捕的记载中，卡拉瓦乔穿着黑袍这一细节是一致的。

梅里西这个人，性格极端且孤注一掷。1599 年夏秋是卡拉瓦乔艺术创作最为多产的时期。那么这意味着，当他将画送到朱斯蒂尼亚尼府上时，他肯定又紧张又清醒：眼圈发黑，皮肤毫无光泽，一副没日没夜工作后的呆滞模样。卡拉瓦乔创作这幅画时没有打草稿：他用油彩直接在帆布上作画；对于风格主义那种惊人的想象力，卡拉瓦乔不以为然。他把真人模特请到画室里，并将画中的场景再现。卡拉瓦乔一口气完成了整幅画的创作，在接近尾声时的最后几天，每一笔都精确到毫米。他没有利用自然光，而是在屋子里架构了人造光，然后把人造光源投射出的明暗原原本本地复制在自己的作品中。

友弟德斩下国王敖罗斐乃头颅的这一幕发生在夜晚，也就是说画室窗户一定是被遮盖住，而卡拉瓦乔是在烛光下描画模特们的。很可能在大功告成之后，他立刻将此画卖给了朱斯蒂尼亚尼。当时的卡拉瓦乔穷困潦倒，急需资金购置圣王路易堂那两幅伟大作品所需要的油画材料。

当卡拉瓦乔穿过广场时，他的步伐一定很快，神色鬼鬼祟祟。路上碰见他相识的几个游手好闲的人。虽然因为工作的原因，好几个晚上没和他们一起出去鬼混了，但卡拉瓦乔并没有停下和他们说话。画一定是没有被包装遮盖住，因为不能用布（油彩需要好几年才能干），更不能让肩膀蹭花油彩。到了朱斯蒂尼亚尼府门前，卡拉瓦乔一定是先将画放下来撑在靴子尖上，防止地上的尘土把画弄脏。然后他腾出一只手敲敲门环，另一只手扶着撑在脚上的油画保持平衡。

朱斯蒂尼亚尼保持着猎人般的作息。当卡拉瓦乔来送画时，他一定正坐在办公室里审核着截止到前一天下午的收支情况；还有另一种可能就是在马倌喂马之前，银行家在院子里梳洗马鬃。那时候，他应该已经喝下一杯巧克力。这是他允许自己享受的唯一的奢侈。这时，一定有仆人跑来向他报信，说门外有个疯子手里举着幅恐怖的油画。如果朱斯蒂尼亚尼当时是在院子里的话，那捎信的人应该是某个厨子。“吓死我了。”厨子描述道。“你说画还是那个疯子？”“都很吓人，不过画更吓人。”“给他准备点吃的。让他把画留在厨房就可以了。”话音刚落，朱斯蒂尼亚尼一定是急匆匆跑到小小工作室的桌边去取付给卡拉瓦乔剩下的工钱。这笔钱被银行家记在了账簿里：“八月十四日，六十埃斯库多，付给画家梅里西。”也许就是在他写这一行字的瞬间，银行家就已准备把这幅油画挂在这间小小工作室里。这样一来，他将成为这幅作品唯一的欣赏者。

人们在很长一段时间内都认为，银行家这个古怪的举动（买来画只给自己看）是因为画布上呈现的场景过于暴力：女英雄一只手揪着暴君的乱发，另一只手像杀猪般用刀割开他的喉咙；暴君的头颅此时已经扭曲，即将身首异处；那汩汩的鲜血，那肿胀的乳头；还有站在一旁等着刀刃将颈部最后一根筋割断、然后用布接住头颅的老侍女，她表现出的兴奋令人毛骨悚然。但如果是因为暴力，那么这幅画后来的去向问题就解释不通了：在某一天，朱斯蒂尼亚尼将此画连带画幕送给了银行家奥塔维奥·科斯塔。科斯塔也来自热那亚，是朱斯蒂尼亚尼在梵蒂冈地区最重要的投资伙伴以及一同狩猎的好友。

虽然两人没有留下任何关于此画的交易记录，但是《友弟德与敖罗斐乃的头颅》确实属于科斯塔身后遗产之一。他留下的收藏里还有一幅画也是从朱斯蒂尼亚尼那里接手的，作者也是卡拉瓦乔，画中模特和扮演友弟德的是同一位。

1601 年，名声在外的妓女菲丽德·梅兰德罗尼，也就是卡拉瓦乔画中的友弟德和《马大和抹大拉的马利亚》里扮演后者的模特，在朱斯蒂尼亚尼府门前被逮捕。当时她身边还有皮条客莱努西奥·托马索尼。

妓女菲丽德很可能是朱斯蒂尼亚尼的情人。而菲丽德之所以在众目睽睽之下在他家门口被捕，一定是被人下了圈套。这件丑闻背后，估计是某个没有朱斯蒂尼亚尼财大气粗的放债人因为被这位大银行家的生意挡住了财路而出了损招。而朱斯蒂尼亚尼估计也因为此事才把《友弟德与敖罗斐乃的头颅》和《马大和抹大拉的马利亚》转手给科斯塔。

这件事对于卡拉瓦乔来说也算是个不小的损失：妓女菲丽德·梅兰德罗尼被逮捕后，他再也没有雇她做模特，虽然菲丽德是他所有画中最耀眼的模特。不仅因为她是个容貌出众的美人儿，而且她善于和卡拉瓦乔合作，展现出一种特有的戏剧效果的天赋。菲丽德的身影还出现在卡拉瓦乔为德尔·蒙特所创作的、关于大殉道者圣加大肋纳的油画中。今天我们可以在位于马德里的提森—博内米萨博物馆欣赏到这幅作品。

顺便说一句，那个叫莱努西奥·托马索尼的皮条客，就是几年后被卡拉瓦乔杀死在马尔兹广场的网球场的家伙。惨案发生之前卡拉瓦乔和莱努西奥之间积怨已久，两人是罗马警察局总部的常客，不是去揭发对方，就是因对方的揭发而被捕。两人的关系从最开始因打球和斗殴产生的不合逐渐恶化，最终无法收拾。菲丽德在梅里西画室度过的那些个夜晚，一定不光是为了艺术献身。他与她之间的亲密可不只是因为工作关系：他除了画画还干了别的，而她跟他上床也不仅仅是为了挣钱。

朱斯蒂尼亚尼和卡拉瓦乔在某种程度上一定是察觉到两人在共享同一个女人，而这女人又属于托马索尼。另外，大银行家又是德尔·蒙特大主教的政治盟友、支持其异见的忠诚伙伴。大主教时不时撅着自己的大屁股让饥渴的卡拉瓦乔鸡奸这件事，也是尽人皆知。政治、金钱、艺术、精液四者之间的联系从未如此暧昧而不可告人，或是带着恬不知耻的欢愉、隐忍和流畅。朱斯蒂尼亚尼派出他的伦巴第野猪，卡拉瓦乔派遣他的威尼斯主教，而菲丽德把这两个人玩弄于股掌之间。每个人都玩得开心。

恰好在这些年里，梅里西发现了改革油画创作的明暗对照法。他摒弃了丑陋的风格主义景色绘画法，不再将圣人、圣母以及各种伟人放在室外田野、城市和羊群的背景中，故作沉思状。他把神圣的场景挪到了室内，迫使观众将注意力放在画中人身上所展示的人性一面。卡拉瓦乔能够走出他艺术创作生涯中的关键一步，菲丽德的推动作用不可小觑。画中圣人的模特并非圣人，只是一个身无美德、活灵活现的女子：她出身贫贱，而这个特点正和反宗教改革所提倡的信条契合。在卡拉瓦乔之前，圣经人物个个被刻画成百万富翁的模样：他们的锦衣华服所反映出的是精神上的财富。

一位站在美景前的富足圣人，他代表着被上帝所眷顾的世界。一位走到室内的圣人，他代表着黑暗时代的人性：这人性之所以引人注目，是因为面对这个信仰缺失的世界，它选择继续相信；这人性是物质而世俗的，裹着鲜血和口水的味道；这人性将不再在球场边袖手旁观，而将有所作为。

第二盘第三局

第三局结束。诗人生气地将球拍狠狠摔在地上，这是他第一次表现出绝望。画家四仰八叉躺在地上，伸展开双臂，露出圣洁的笑容。“伦巴第人赢得第二盘，”数学家喊道，“双方到此各赢一盘。下一盘为决胜盘。”奥苏纳走到诗人身边耳语，劝他不要再像个小孩子般软弱，并且必要的话，要准备好打个你死我活：“你不是发球方，你就死定了。从接球这一侧打入看台，简直就是他妈的做梦。”

球赛

他拿起棕榈树叶包裹成的锥形筒。“里面盛的是什么？”科尔特斯让玛琳奇问。她学到的西班牙语已经足够为科尔特斯担任翻译。“蜂蜜烤南瓜籽。”库奥特莫克对玛琳奇说。征服者等着玛琳奇把这句话翻译成西班牙语，然后他抓了一把瓜子，一颗接一颗地吃着，目不转睛地观看球赛。他们三人坐在墙上第一排，大腿悬在空中。而高墙下面，运动员们正使出浑身解数，奋力用背部顶球防止球落地，并努力避免用手或脚碰球。

在某次开球之前的休息间歇，科尔特斯表现出一副好奇的样子。虽然名声不佳，但征服者的确是个生性好奇之人。“哪一队代表阴间，哪一队代表天界？”他让玛琳奇问问库奥特莫克。等玛琳奇贴身耳语完，库奥特莫克将口中的南瓜籽壳吐出，正好落在球场边上。“是阿潘对抗特配阿卡。”他边说边微微耸肩。说罢，库奥特莫克便起身，在特配阿卡队身上赌上了几粒可可豆。

在 1519 年这个臭名昭著的年份，埃尔南·科尔特斯和库奥特莫克相遇了，西班牙国王那群令人闻风丧胆的使者团来到墨西加人的都城。虽然这次拜访声称是外交礼节性的，但莫克特苏马国王仍竭尽全力阻止这帮从欧洲远道而来的客人到特诺奇提特兰城拜访，甚至还给了他们一些贿赂。面对贿赂，西班牙人经受住了种种诱惑，指挥官许下的诺言也让他们不得轻举妄动：只要他们尽早攻下那闻名遐迩的阿兹特克首都，帝国的金子立马就能被他们揣进腰包里。莫克特苏马铸下大错（这次错误改变了整个世界），错在没有在西班牙人刚上岸的时候就把他们赶尽杀绝。若是这样，印第安人不会面对日后的苦果。

莫克特苏马硬着头皮欢迎上门拜访的客人，表现得勉强而恐惧。他对西班牙人的恐惧，并非如传说所言，是源于迷信，而是因为来访的时机对他极为不利：西班牙人来到城门前的那一刻，身后紧跟着的是阿兹特克帝国反叛城邦组成的大军。在阿兹特克帝国掌握墨西哥最高统治权的两百年历史中，从未有人能够组织起这么一队叛军，声势和科尔特斯从东部集结的部队同样浩大。所有效忠于莫克特苏马的城邦都没能阻止这队叛军的行进。西班牙人和阿兹特克人这两个斗争中的少数派，都本能地渴望生存。这份对生存的渴望使得一方作出“我们不是来占领墨西哥”的承诺，而另一方偏偏信以为真。虽然所有人都尽量掩饰或自欺欺人，但是所有人都明白：屠杀过后，他们脚下的土地将变为一片血肉模糊的死人之滩。

莫克特苏马在塔库瓦城的堤道上迎接了科尔特斯。两人相见的地点现在是耶稣拿撒勒教堂，萨尔瓦多共和国大道和皮诺·苏亚雷斯街的交会处。这位阿兹特克的特拉托阿尼（纳瓦特语中“统治者”之意）赠予科尔特斯一串玉珠项链，并从对方手里收到了珍珠项链作为回赠（这珍珠项链很可能是玛琳奇串的）。两人一起走入莫克特苏马的皇宫，遗址现位于国家宫地基之下。科尔特斯的拜访虽然不是什么好兆头，但也没有当即产生什么灾难性的后果：为了避免莫克特苏马面对阿兹特克帝国死对头时的尴尬，他只让西班牙随从陪他进入特诺奇蒂特兰城。莫克特苏马国王身边站着三国城邦诸王、湖区众酋长和他们的统领。库奥特莫克就在国王随行人员之中：他是莫克特苏马王后的表弟。

进皇宫之后，阿兹特克皇室已布置好庭院，在这里众人见证了莫克特苏马和科尔特斯两人的对话。没人听懂此次交流的任何内容。不仅仅是因为在对话双方身上找不到一丝共性，还因为对话翻译过程实在复杂：莫克特苏马的纳瓦特语首先要被翻译成琼塔尔语，然后琼塔尔语再被翻译成西班牙语；科尔特斯的西班牙语也被译成琼塔尔语，然后转化为纳瓦特语；而征服者不信任任何人的翻译，除了会说琼塔尔语和纳瓦特语的玛琳奇，以及一位会说琼塔尔语和西班牙语的神父赫罗尼莫·德·阿吉拉尔。

之后他们交换了更多的礼物以及美好的祝愿。接待仪式完毕，莫克特苏马在众人面前离身，继续专注于一国之君的日常生活作息和统治。而此时的帝国疆土，已经缩减了一半；再没有人见过莫克特苏马，直到他死去的那一天。

这次会见之后的十八个月里，这个已经衰败的帝国会继续被削弱，领土逐日缩小：小到墨西哥谷范围，之后仅剩特斯科科湖区；到最后除了岛都特诺奇提特兰城之外，阿兹特克丧失了其余所有疆土。1521 年 8 月 13 日，帝国仅剩一条皇家御舟，库奥特莫克试图坐船逃离已被摧毁的阿兹特克都城时被捕。历史总算是公平了一回：这片异常血腥的帝国此时蜷缩成了一叶扁舟。当然，这并不意味着好人胜利了。因为，好人从来不会胜利。

和西班牙人首领会见几个月之后，莫克特苏马差信使捎话给库奥特莫克钦。他说，虽然西班牙人见到我们这个世界上最大最繁华的城市感到十分震撼，但是现在他们的心情早已从惊叹中平复。既然如此，他建议库奥特莫克带着科尔特斯到处转一转，随便看一看。“你必须接近他。”双目失明的阉臣信使在国王表弟的耳边喃喃道。“为什么派我去？”库奥特莫克问。“因为你会琼塔尔语啊。”信使回答道。

年轻的统领库奥特莫克向来战无不胜，一向扮演着国王智囊的角色。他个性谨慎、独立、值得信任。在这个奉行纪律的国家，他因严于律己、遵从命令而出名。“告诉陛下，我会带科尔特斯去看球赛。”他回答道。

等待了几天之后，库奥特莫克找到科尔特斯的琼塔尔语翻译玛琳钦，并把观赛的日程安排在那年第一场丰收结束之时。因为在这个日子，人们会通过期盼了整整一年的赛球仪式来庆祝丰收。对于那帮外来客来说，此番景象绝对值得一看。

阴间

德国历史学家和文化批评家海涅·吉尔梅斯特[1]认为自己发现了世界上最古老的、具体到场次的现代网球的记录。它比其他球类出现的时间都要更早：比如意式足球（calcio），英式板球（cricket），还有法式手球（jeu de paume），以及西班牙人口中的壁网球（pelota）。

记录在人类史上的第一场网球比赛在阴间举行，而且是一场双打比赛。球手为四名魔鬼，比赛用球是一名叫作皮埃尔的法国神学院学生的灵魂。后来皮埃尔终于成了马锡安施塔特修道院的院长（也就是伯多禄一世）并声名大噪。皮埃尔的故事被海斯忒巴赫的凯撒里乌斯[2]在《奇迹故事》中记录下来，得以流传

---

① 海涅·吉尔梅斯特（Heiner Gillmeister），波恩大学教授，著有《网球文化史》（*The Cultural History of Tennis*）。

② 凯撒里乌斯（Caesarius, 1180—1240），曾任现位于德国北莱茵—威斯特法伦、隶属于熙笃会的海斯忒巴赫修道院次级院长。《奇迹故事》（*Dialogus miraculorum*）是他于 13 世纪初写的圣徒传。

至今。

凯撒里乌斯在《奇迹故事》中写道，这位年轻时代就被公认为世界上第一位网球运动员的傻子皮埃尔，犯了和浮士德一样的错误。他的记性很差，任何事情都无法让他集中注意力。为了通过神学院的考试，他与撒旦做了交易，接受了魔鬼的礼物。这份礼物是一块汇集了人类全部知识的石头，得到这块石头的人只需要将它紧握在手中，便会知晓一切。

面对诱惑，皮埃尔做了我们所有人都会做的事，没有复习就顺利拿到了考试的第一名。但是有一天，皮埃尔突然进入了被称之为昏迷的某种状态：其实就他的情况而言就是暴毙。后来听他讲，四位结伴而来的魔鬼将他的灵魂从身体摄走，并随心所欲地用它来打网球。谁让他傻乎乎地接受了知识之石和魔鬼做了交易呢！

这四个看上去互为友人的魔鬼，揣着从人间取来的物件回到阴间，并用这么个抽象的玩意儿打了一场网球赛。在整个比赛过程中，皮埃尔是清醒的。他的肉体真切地感受到魔鬼们不停地发球接球。据他描述，这场比赛把他折磨得十分痛苦。因为众所周知，魔鬼从来不剪指甲，个个坚利如钢。

这份人类历史上关于网球的首份记录，描绘了一场这个被称为伯多禄一世的人眼中的末世之赛。这位异世的教皇掌管着一所不寻常的教堂：这里有罪人和杀人犯，有网球和球拍。这桩轶闻算是历史偶尔丢给我们的甜头之一吧。

在《堂吉诃德》第二部中，阿尔蒂西多拉预见了这么一番景象：她看到魔鬼在用冒着火的球拍打球，而“充满风和其他填充物的”书被用来当球。这些被当作网球的书和《堂吉诃德》可不一样，打完一局就散架了。魔鬼将那些书用球拍击出，“没有一本书能够坚持到下一回合，根本不可能再用来发球。被打烂的书被迅速淘汰，然后换上一批批新书”。

在阴间，灵魂是网球，烂书也是网球。魔鬼乐此不疲。

艺术

据说，卡拉瓦乔的匕首正反面都刻有拉丁文：一面是“Nec spe”，另一面则是“Nec metu”。翻译过来就是：“了无希望。了无畏惧。”

关于大部分教皇都极度缺乏幽默感一事

纽约大都会博物馆版画收藏区里有一幅作品：创作时间为1550年左右，作者是一位来自佛兰德斯的无名氏；版画正面写着一行意大利文“科罗纳宫”，背后同样用意大利语写道：“科罗纳的庭廊和梅萨塔建于塞拉皮斯神殿的废墟之上。”科罗纳家族势力强大，意大利首都的博物馆以他们的姓氏命名，并沿用至今。可见这个家族的权力及其积累的财富有多么惊人。

但罗马城并非一成不变。或者可以这么说，庇护四世统治下的罗马城，浮夸程度远不及之后成为教皇的德尔·蒙特大主教重建的罗马。蒙田笔下16世纪的罗马，城市规划毫不紧凑，像个乡村。而蒙田本人认为这座城市是如此怯弱而空洞，以至于每每说到巴洛克时期典型的沮丧情绪，人们便想起蒙田。此时的罗马城被各种新旧废墟塞得满满当当，动物畅行于废墟之间，活得比人自在。克维多如此形容16世纪的罗马：

朝拜者啊！你在罗马城寻找罗马的影子。

但是在罗马城你永远找不到罗马。

1565年，博罗梅奥、蒙塔尔托和庇护四世三人边饮酒边观望着烈火降临在天主教的中心地带，而当时的科罗纳宫和翻修后的、带着蛋白酥般装饰的建筑并不一样。那时的庭廊由取自塞拉皮斯神殿遗迹的红砖砌成，神殿正面部分还留着延伸出的墙体。建筑共有两层，五扇窗户、两道门以及一个房顶铺瓦的阳台。科罗纳宫背后是神殿遗址，宫殿庭廊基本是紧靠在神殿之前，周围种植了一圈灌木和棕榈树，还有一些拔地而起、沿着墙体生长的树种。

三位主教就是坐在这个凉风习习、大小适中的红砖阳台上，像坐在剧院的包厢里。

看着眼前的世界被火吞噬，庇护四世应该没有像尼禄那样唱起特洛伊大劫。他沉默不语，闭目聆听残歌一曲：这是一场世界性灾祸，或者我们今天所说的巴洛克时代到来前的最后小调。他坐在摇椅上轻轻晃动，闭上眼睛，攥着杏仁的那只手跟着乐队打拍子。

当音乐暂停，庇护四世睁开眼睛，对蒙塔尔托主教说："我给你准备了一份礼物。"他其实可以和主教聊别的事情，比如说关于特伦托仲裁即将引进的新纪元。阿根廷作家莱昂尼达斯·兰博尔基尼是这么形容的："我们将同情换为折磨，仁慈变为恐惧。

爱变成了恨。而生命则变为死亡。”再比如说，他可以讲讲几年前他和主教托洛梅奥·加里奥的书信中所忏悔的那番话。庇护四世和他这位朋友描绘，他被元老院骚扰米开朗琪罗一事搅得心神不宁，画家为此消沉了好一阵子：“我十分喜欢《最后的审判》，但这份错爱所背负的罪过是致命的。这令我十分惶恐不安，我可是教皇啊！”

庇护四世像是栽培树苗一样，辅助博罗梅奥长成参天大树。但是博罗梅奥绝非善类：他没有长成树，而是变成了一头野猪。

以下三人之间的对话，用电影剧本的方式来展现尤佳。

（教皇又切下一块野猪肉香肠，闭上眼睛。然后睁眼，开吃。）

庇护四世：（在咀嚼肉肠）蒙塔尔托，我给你准备了一份薄礼。

（教皇挥了挥手，衣袖像面旗子。教皇手下的侍从拿来了一个镶着银边的木头盒子。）

蒙塔尔托：（微笑着）我不喜欢珠宝。

庇护四世：我今年已经六十六岁了，没有人认为我会成为教皇，但是我成功了；我见过米开朗基罗和拉斐尔，卡洛斯一世和弗朗索瓦一世是我的好友；我一手栽培了博罗梅奥，他今天就在咱们的饭桌上。

（教皇点点头挑挑眉，向蒙塔尔托指出博罗梅奥，表情有些讽刺有些感激。）

庇护四世：（继续）你当真以为在我们最后一次见面、最后一次晚宴上，我会仅仅送给你一个珠宝盒吗？

（仆人将礼物交到主教手上。主教打开盒子。）

蒙塔尔托：（从盒子里取出来一个物件，一枚网球。他拿着网球看了看，然后举起来给博罗梅奥看。）

蒙塔尔托：（继续）有些破损了。

庇护四世：里面塞的是安妮·博林的头发。

蒙塔尔托：谁？

庇护四世：英国国王亨利八世的王后之一。你错过了那场宫廷好戏。

蒙塔尔托：可惜。

庇护四世：好好利用它。

蒙塔尔托：你说那场好戏？

庇护四世：我说的是这个网球。

蒙塔尔托：可我不玩室内网球。

庇护四世：你应该玩玩。卡洛斯国王和我都去世的那天，没人能够压制住法兰西了。你要是敢冒头，要么被剥夺特权，要么被活活剥皮，大卸八块。不过，这一切都取决于谁会坚持到最后，成为宗教裁判长。

（这时，教皇的目光落在了博罗梅奥身上。）

庇护四世：（继续）卡洛斯，你说我说错了吗？

博罗梅奥：在政治问题上，您从来没有犯过错误。

（蒙塔尔托主教没理会博罗梅奥，和教皇四目相对。）

蒙塔尔托：你这是在给我下命令吗？

庇护四世：不。我只想给你一个建议而已。

两个人都沉默了。庇护四世和蒙塔尔托此时都将目光转向博罗梅奥。这位米兰大主教和蒙塔尔托相比，小了将近二十岁，他倾尽一生投身于这场以耶稣受难最黑暗时期为原型的运动中。饥饿和失眠的困扰在他身体上留下印记，面部痉挛让他看上去像是一个来自未经剪辑的电影片段里的人物。他脸颊时不时地扭曲，脑袋一伸一缩，按在大腿上的双手紧握，好像是为了防止它们因搜寻美食而一跃而起。

博罗梅奥看了教皇和总宗教裁判员一眼，眼神里带着友善。他的左眼皮时不时地眨一下。

博罗梅奥：（面向蒙塔尔托）来，把那个网球扔给我。

（他看着教皇，接住了蒙塔尔托扔来的球。）

博罗梅奥：（继续）你提的建议很好。

庇护四世：你会保护蒙塔尔托远离狼群的伤害吗？

博罗梅奥：只要他愿意保护自己，我就愿意保护他。

（他嗅了嗅球。）

博罗梅奥：（继续）只要他学会一边在自己家玩网球，一边等待。

注：蒙塔尔托大主教离开大众视线已有十九年，也就是两个教皇任期的时间。这些年他靠打击那些抵制反宗教改革的敌人贪婪敛财。在空闲时间里，建筑艺术在他身上释放出的激情怂恿着他，他花了好几年时间规划，看看这个城市如果真的成为世界中心的话会是什么样子。为了将此规划执行下去，从他成为教皇西克斯都五世的那一天起便开始诉诸暴力和完美主义。“城市主义”这个词就是他发明的，虽然他自己的名字里没有“城市”二字。不用说，他根本不玩室内网球。蒙塔尔托是西克斯都五世，也是最后一名叫西克斯都的教皇，后继无人：这件事情说明天主教教会实在是个缺乏幽默感的机构。但是这部分不在此部电影的讨论范围之内。请大家现在回到剧本。

（博罗梅奥将球扔了回来。蒙塔尔托将它放回盒子里。此时教皇又做了个手势。）

庇护四世：卡洛，我给你也带了一份礼物。

（一个仆人取来了一顶五颜六色的、近似于帽子的物件。）

博罗梅奥：这是顶主教法冠吗？

庇护四世： 是的。墨西哥人做的。

（主教听后皱皱眉。）

庇护四世：（继续）这是一位在墨西哥的主教派人送给我的。上面的图案不是画上去的，而是用羽毛编制而成。看，它是不是一顶杰作？

（仆人将法冠献给主教，但主教接过来时表现得很不屑。）

博罗梅奥：（语气讽刺地）这做工还真是精良啊，陛下！

（说罢，博罗梅奥将法冠放在腿上。）

庇护四世： 有了它，我希望你记住法兰西不是世界的全部，海外还有诸多领地和灵魂。

（主教端坐着，看着教皇，假装很耐心。）

庇护四世： 你看看！如果光线和位置恰到好处，它会发光。

（博罗梅奥歪了歪头，转了转手里的法冠。）

庇护四世： 抬高一点。

（当博罗梅奥将法冠举过头顶时，五颜六色的羽毛像是被闪电击中般光芒四射。博罗梅奥手一哆嗦，法冠掉在了腿上。教皇大笑。）

庇护四世：（继续）你瞧瞧，我刚才说什么来着？

博罗梅奥： 墨西哥……这东西上头有阴魂不散的魔鬼。

庇护四世： 这可是出自皈依基督教的印第安人之手。

博罗梅奥：这玩意儿对我来说有什么用途？

庇护四世：戴着它主持复活节的弥撒。

博罗梅奥：为什么偏偏要戴这么个东西？

庇护四世：因为黑暗过后，光明终将到来。

博罗梅奥：这我懂。

庇护四世：但别人没看出来你懂。

教皇又切了一块肉肠，边嚼边闭上眼睛。他心里想，就算是尼禄在罗马城放大火，也终有一天会燃尽；虽然城市的三分之二一片狼藉，但重建过后，一切仍旧辉煌。他似乎能够嗅到特伦托会议在他脚下留下的一层灰烬。他似乎可以预见，当一切都结束之后，一株萌芽将从这灰烬中破土而出，成长为琥珀色的大树：它的树干强健，第一根树杈从土里伸向天空；一旦烟消云散，枝叶便在阳光下尽情伸展，犹如一只有着血肉之躯的鲜活蝴蝶展开双翅。但是，蝴蝶的指甲却个个肮脏。

《照向活人的光明和来自死人的教训》

报告编号一百六十八

一个死人再一次出现在我的面前。他唤着我的名字。他说他并不是为了吓唬我，而是请求我代他向上帝致以问候。他说他叫堂 N，正在炼狱中苦行补赎。他的手中握着一枚火球，干燥的舌头从口中伸出。我问他："你为何身在炼狱？"他答道："因为我犯下了打球和喝冷饮的罪名。"说罢，他向十字架表示敬意，消失了。他走前说了句："愿耶稣与你同在。"

大主教兼新西班牙总督胡安·德·帕拉福克斯·伊·门多萨

1661 年

恐惧

当科尔特斯和库奥特莫克见面时，西班牙人对特诺奇提特兰城早已熟门熟路。他们光天化日下走在城中，弱点由此暴露，而城里的半数居民将他们好好地打量了一番。墨西加人民不停地问自己，语气颇为执着："为什么莫克特苏马不把这群闯入者包围起来，杀死他们，一了百了？"若是历史在此刻被改写并向另一个方向发展，那将会是多么有趣。若是这样，那么从一个当代人的视角来看，科尔特斯和他的随从的殉道者地位，恐怕比误跑到日本传福音的那群人高不了多少。

若是历史真的被改写，那么科尔特斯会被称为"来自麦德林的圣埃尔南"，他身边那位会被称为"来自麦迪那·德尔·坎波的圣人贝尔纳尔"。委拉斯开兹也会创作这么一幅圣坛壁画，画中两人的首级在泰兹卡特里波卡神的神殿脚下。而卡拉瓦乔也肯定会创作一幅提名为《杰罗姆·德·阿吉拉尔殉教》的油画：作品抓住了科尔特斯的这位翻译看到主人被割去舌头前的惊恐惨状；在他身边捂着嘴巴的，将会是梅里西雇来的、试图扮演绿色眼睛的玛琳奇的某个风尘女子。这幅明暗处理法作品的场景将被设置在罗马这个小村子，位置偏僻，环境脏乱。若不是有自美洲滚滚涌入的黄金，欧洲自古以来的这副破败样子将一成不变。

玛琳钦告诉科尔特斯，库奥特莫克曾经找过她。当时她和征服者刚刚做完爱，就像是许多故事俗套的作家热衷讲述的那样。其实，玛琳奇和队长对房中术并不在行，俩人在床上的模样简直就像是两个扭打在一起的盲童。

征服者喘着粗气，趴在棉垫子上。而他的翻译玛雅公主，身体被精液润滑，手伸向了两腿之间，试图给予自己旁边这个男人无力给予的快感。“我今天在市场看到库奥特莫克钦了。”她边说边不停地揉搓那个改变了世界的阴蒂。在那时，堂娜玛琳娜是科尔特斯身边唯一一位胆敢在没有卫兵守护的情况下入城的人。另外，在所有科尔特斯搞过的、数目还算不少的女人里，她是唯一一个可以同时搞政治和自慰的人。

西班牙队长挪到玛琳奇身边，嗅嗅她的腋下。他紧紧握住她那只正爱抚自己的手，但没有打断手的动作。“库奥特莫克是谁？”“莫克特苏马最中意的将领。”“为什么他想来见我这件事，让你这么兴奋？”“因为男人和男人做爱，能激发我的性欲。”她闭上双眼，科尔特斯让她继续自慰。在潜入欢愉的深渊之前，玛琳奇补充道：“库奥特莫克说，明天他想带你去看球赛。”说罢，为了达到高潮，她打开了另一个世界的大门：那里，男人并不是野兽。

他撸着胡子，等着她结束。他觉察着她已恢复神志，便问道："你觉得他安排这场球赛，是为了杀我吗？"玛琳奇气喘吁吁地说了一句"不"，说库奥特莫克为人正派。虽然她已经停止爱抚自己，但是用手将私处遮住：她还没弄完，只是想歇一会儿。"国王不理解我们为何还未离开这里。他认为如果有人试图来与你交流，你也许会解释这其中的原因。"科尔特斯用他自以为精致细腻的小嘴儿将玛琳奇的小手叼起，冲着她的私处吹了口气。玛琳奇的身体颤抖了一下。"我们应该相信他吗？""库奥特莫克钦值得信任，他身上没有任何缺点，他是个英雄，狂热分子。所有人都知道他早晚都会成为国王，他自己心里也清楚。"科尔特斯做了个不悦的手势，表示玛琳钦的凿凿言辞并未将他说服。他把她的手放回到她的私处。她抓了抓阴毛，说："真相是，是我让库奥特莫克来杀你的；如果莫克特苏马做不到，人民迟早会揭竿而起，将我们所有人干翻（xingar）。到时候，我们都会完蛋，不只你一个人。你是唯一一个认为留在这里、无所事事是个好主意的人。""我们还在侦查广场附近的地形。"科尔特斯打着官腔。他已经多次用这话来搪塞他的手下们，为了让他们投身到他们认为不必要的危险中去。他注意到玛琳钦再次开始飘飘欲仙了。女翻译将头仰过去，她脑中幻想着皮肤光滑、没有毛发的库奥特莫克将阳具插入征服者的身体。科尔特斯嗅着玛琳奇的脖子，任她达到高潮，等她结束后便骑到她身上。她求他咬她的双乳，他所热爱的那对双乳，颜色黝黑，高耸坚挺。她再一次高潮，他却没有。科尔特斯倒在玛琳奇身上，问道："我是不是该动身了？""你决定不了，库奥特莫克钦才是那个下达命令的人。他说他会早些到球场，因为之后会很拥挤。""那我们必须告诉士兵们这件事。""不行，库奥特莫克只想让我们两人去。""他是在耍我们。""他这人一向遵守诺言。""我也是个遵守诺言的人。"科尔特斯说。为了让身下的玛琳奇有足够的空间翻身把臀部冲着他，科尔特斯一边说一边撑起胳膊和脚尖。"你们西班牙人才不知道什么是诺言呢。"她边说边用屁股夹紧他的阳具。当他感觉到阳具重新勃起之时，他抱着她的臀部将她举起，毫无前戏地猛然插入她的身体。她呜咽了一声。"好吧，那就让我们来一场统领与统领之间的对话。"他边说边紧紧将她压在身下。她转过头，为了能说出这句话时看着他的眼睛："论做统领，你可比不上库奥特莫克。"西班牙人听罢，阳具插得更深了，并粗暴地拽着她的头发。他在她耳边喃喃道："我比他强。""哎哟，我的美男子，"她说话时上气不接下气，"他不像你，可不是什么撞了大运的乡下人。"

这话令科尔特斯顿时泄了气，一下子躺回垫子上。他侧躺着，承认自己输了。他将脚下的棉花毯子拽过来，把自己裹个严实，身体缩成了个球。"你不要这么胆小怕事，"她说，"他的确是个杀人机器，但也仅仅是在战斗中。他在我们面前只是个王子。”西班牙人一声不吭。他正竖起耳朵，为了能够揪住她声调中流露出的、哪怕是最细微的一丝背叛，动用了浑身上下的感官。“你会喜欢球赛的，很有意思，城里所有领主都会带着夫人出席。”也就是在这个时刻，科尔特斯终于意识到，玛琳钦这个女人，虽然之前身为公主、之后是奴隶之身、现在处于这两个身份之间，其实仅仅想在公众场合被众人看到她能和未来的国王搭上话。“好吧，殿下，”他说，“我会和‘瓜特木兹’一起去看球。你要是也想一起来，那么必须去做我教你的那件事。”

第二天早晨，当公主睁开睡眼时，她的情人已经不在身边了。科尔特斯早早去叫醒了手下的一伙士兵，让他们跟在他和玛琳奇身后，并谨慎地保持一定距离。“我认为应该集体出动，骑着马赶紧从这里离开，加紧赶到塔库瓦大道上。”一名也叫埃尔南多的士兵说。因为和队长重名，大家都唤他珀索纳，也就是他老家的名字。“如果选择步行离开，我觉得咱们一定会被他们杀死。”埃尔南多说话的时候，紧张地看着科尔特斯。“如果他们看见我和‘瓜特木兹’在一起，就不会找麻烦，”队长回答道，“他可是莫克特苏马的爱将。”“你怎么知道？”“所有人都知道啊。”几个士兵互相看了看，眼里闪过疑虑。

在未来国王来拜访两人之前，玛琳钦早已告诉她的情人，库奥特莫克早在十六岁那年便指挥了人生中第一场战役，至今从未打过败仗。她还告诉科尔特斯，库奥特莫克在军事学校度过的五年中没有和任何人说过话。玛琳钦还提到，他不吃打猎来的野味，不论是鱼还是禽类。但是在过节的时候，他会生吃从活人祭品身上割下的生肉。她列举出库奥特莫克的众多品质，说着说着她的脸上泛起潮红。"他还真他妈的是个国宝呢。"科尔特斯一边回答，一边将行囊翻了个底朝天。他想找到一件没有洞的、或是可以藏在护胸甲和臂甲下面的衣服。

但当这位印第安统领到来时，科尔特斯还是喜欢上了他：他年纪轻轻，简直就是个少年。和那群穿过庭院步向神殿、衣着鲜艳的祭司们相比，库奥特莫克的穿着不如他们华丽。他也没有像其他同等级别的战士们那样，将自己装扮成野兽的样子。他身着白色衬衣和灯笼短裤，披着件款式低调的斗篷。他未戴任何发饰，头发在头顶耸成一束。他没有佩戴匕首。贴在身上的铠甲让科尔特斯感到从未有过的压迫，腰间丑陋不堪的西班牙阔剑让他不堪重负。尽管如此，科尔特斯还是坚持认为他的铁甲令墨西哥人印象深刻。当然，墨西哥人那边觉得科尔特斯肯定是个彻头彻尾的大傻子：头顶着高原的毒太阳，他居然还裹了这么一身矫情无比的怪行头。

他们径直走向码头，而码头在圣城蜿蜒城墙的反方向。"这不是通向球场的路啊。"科尔特斯紧张地说道。库奥特莫克通过玛琳钦向科尔特斯解释道，他们要去的是位于特拉特洛尔科的一个规模更小的球场。西班牙队长承认，他早些时候参观特诺奇提特兰城中的那个球场时，感觉它的确太大了，墙壁和球篮也太高了。他之所以说这话，一部分是为了将对话继续下去，也是为了试探库奥特莫克是否说了实话。“那个大球场不是用来比赛的，”这位阿兹特克人说道，“而是用来举办第一场球赛的表演。没有人能够用屁股把球顶得那么高。”“就是一种演出。”玛琳钦解释道。此时，库奥特莫克亲自拽着船缆，将御舟拖向她的脚边。

《圣马太蒙召》

1599年9月17日这一天，卡拉瓦乔完成了《圣马太殉教》：毫无意义的暴力和忏悔夹裹在漩涡中，变成了这幅作品。他将此画送至圣王路易堂的圣器收藏室，然后确认了三幅作品中第二幅的交付日期，也就是当月的28号。这三幅画作将被挂在礼拜堂里，这里供奉着记账师和税吏的圣人。第二幅画作的交付意味着教堂落成典礼最终成形的可能性；或者说意味着举行祝圣礼，恭请教皇莅临教堂的首次礼拜，以示其在西班牙和法国之间无休无尽的争端中的中立态度。正是因为这个原因，卡拉瓦乔签了一份作为合同附加条款的血书，以保证作品如期交付。他会得到五十个埃斯库多作为《圣马太蒙召》的报酬，也就是三笔佣金中的第二笔。等他完成装饰礼拜堂的全部三幅画作，他将得到足足一百五十盾。创作第三幅油画的时间比之前两幅要宽裕。

传说卡拉瓦乔为了按时完成第二幅油画（签合同附加条款时，他肯定还未动笔），整整十一天没有睡觉。他的模特们在这期间也没合过眼。这群人当中，已被确认身份的有席尔瓦诺·维森第（磨刀的）、布洛斯佩洛·奥尔西（当兵的）、奥诺里奥·巴纳斯克（要饭的）、亚美利哥·萨尔萨纳（给屁股扇风的）以及伊格纳西奥·巴尔德门蒂（替人文身的）。卡拉瓦乔喜欢用无名氏做模特来画耶稣或是圣彼得。但是，这么一帮游手好闲、常年混迹于纳沃纳广场的罪犯和盲流的面孔公然出现在描绘神圣场景的画作里，引起了不小的争端。据谣言说，法国教士们感到愤怒。但是除此之外，这件事也没有引发什么令人难堪的后果。这油画的确是上乘之作。教皇也应邀参加了礼拜堂的祝圣礼。画家呢，还是被德尔·蒙特大主教和朱斯蒂尼亚尼装甲般的羽翼保护得严严实实的。

卡拉瓦乔过了许久才交付的第三幅作品《圣马太与天使》，却被众教士痛批得体无完肤：这幅画中，圣徒马太被卡拉瓦乔画成了个烂醉如泥的乞讨者；画中的天使牵着圣马太那只用来写圣经的手。这幅画被退回来了，这是卡拉瓦乔首次被退画。他一生中经历了无数次退画，完全是因为他由着性子，不把雇主和城里上流圈子的期望放在心上。他不得不重新绘制。他没有再惹上任何麻烦，因为朱斯蒂尼亚尼把这幅被法国教堂会众唾弃的作品买了下来。卡拉瓦乔的这幅《圣马太与天使》，是这一系列三联画佳作中最棒的一幅，也是朱斯蒂尼亚尼收藏品中的瑰宝。可惜的是，今天我们只能在照片中欣赏了。1945 年，柏林的恺撒·弗里德里希博物馆被盟军轰炸，《圣马太与天使》当时恰好被保存在那里。

《圣马太蒙召》宽 322 厘米，长 340 厘米，形状几乎为正方形（和《圣马太殉教》《圣马太与天使》一样）。这幅作品本应被当作壁画来创作的。但是卡拉瓦乔坚持个人一贯的创作方法：他要求一间暗室和可控光源，以及懂得如何演绎油画场景、而非简单摆姿势的模特。一切如卡拉瓦乔所愿。

这幅作品的尺寸庞大，简直就像是一面墙。按理说这位画家是不可能单枪匹马扛着它穿过广场的。但是因为画作的交付标志着礼拜堂圣祝礼庆祝仪式的启动，所以他当时一定是伴着浮夸浩大的行进队伍，浩大的声势和画家心中令人懊恼的所谓“礼节”观甚是契合——如果他勉强压住自己的暴脾气就算得上“有礼节”的话。

设想一下这个场景：十一天没日没夜和七个盲流共处一室后，卡拉瓦乔于清晨时分走出画室，眼圈发黑，臭气熏天；他咬紧牙关，和那些快被疲倦逼得近乎疯狂的人一样；他带着焦虑和烦燥前去敲圣器收藏室的大门，为了询问交付画作的准确时间。

《圣马太蒙召》这幅作品汇集了这位画家所有被后人称为标志性的创作元素，并且是自西斯廷教堂建成以来罗马所有举行礼拜的宗教场所中最具革命性的艺术作品。通过这幅作品，卡拉瓦乔高声宣布了对米开朗基罗壁画的致敬：耶稣指向税吏的那只手，是梵蒂冈教堂顶部上帝那几乎触到人类之子的手的翻版。

《圣马太蒙召》和卡拉瓦乔之后创作的几乎所有圣经主题的画作一样，大部分画面空空如也：黑暗的房间，黑色的墙壁（他的画室墙就是黑色的），暗色窗玻璃并没有带来任何光明。这个场景中唯一的光源来自天窗，但是画家并没有将它画进作品，人们仅仅可以看见模特们头顶上射进来一束光。几乎身在阴影中的彼得和救世主指向税吏，而税吏满脸惊讶地盯着两人。四个衣着华贵的亲信伴在税吏左右，正忙着数钱，专注而贪婪。耶稣和他的渔夫身穿圣袍，此装扮符合传统。数钱的人和朱斯蒂尼亚尼手下的放债者简直一模一样，他们的坐姿也一定仿照了这帮人在银行家府中一层坐在交易桌旁接待顾客的场景。

卡拉瓦乔还处在狂热的兴奋状态，那股高兴劲儿像是个刚刚解开谜语的人。为人并不谦逊的他一定勾着那位穿着马裤、头发瘪塌的圣器收藏室管理员的肩膀，并口出狂言道今天要交付的这幅油画是他迄今为止最棒的作品，比《亚历山大的圣凯瑟琳》还棒。两人一定是将画作交付的时间定在中午。那时候，在场的除了那个主持弥撒的糊涂老头之外，还有一队身着精致无比的缎带教袍的法国教士。

也许是画中那两个最年轻的模特演员（文身师巴尔德门蒂

和给屁股扇风的萨尔萨纳）在画室中将《圣马太蒙召》扛起，抬着画穿过庭院。他们没有像往常那样走炊事房或者后厨间，而是遵循了狂热的卡拉瓦乔的专横指令，径直走过大门。画中其他的演员一定正在大门外候着，身上的戏服还没脱。文身师和给屁股扇风的那位应该穿过了广场，而此时的广场已经挤满了教民和生意人。他们耳边不断响起人们的欢呼声。欢呼的人们心说一定有什么重大的事情正在发生。这件事的确重大，但是因为记忆不是为了未来服务的缘故，所以他们也无从可知。画家一定是走在两人前面，在人潮中拓开一条路，神态骄傲得很。当兵的布洛斯佩洛·奥尔西为人放荡不羁，在众人的狂热蠢行和他人的荣誉面前败下阵来，无法在眼前的这一切面前保持克制。当然，在穿过广场的某个时刻，这位士兵一定有命令模特们站住，要求他们在作品前将画中圣经故事的场景重现。

站在教堂大门的另一群人（收藏室的管理员、侍祭们和神父们）一定是目瞪口呆地看着油画从他们眼前被抬入教堂。他们那股子惶恐，和人们第一次看到投射在墙上的电影时的大呼惊奇如出一辙，和我与儿子第一次在电器商店看到高分辨率电视机时吓掉下巴的入迷劲儿不相上下。木工准备把油画固定在墙上之前，他们一定先把它靠在祭坛那里。神父们当时还没有生气，但面对眼前这个男孩子，心里一定很不安：这个在法国教会会众的厕所里多次被撞见、抹着小鼻子上的屎的家伙，现在竟然以真人和画中人的两重身份出现在他们的教区里，身穿银行家的行头。但是，这也仅仅是推测。研究 17 世纪物质文化的专家们至今仍就此话题进行着辩论：“扇屁股的人”（asciugaculi）到底是个什么职业？“付他们钱，让他们走。”桑西大主教冲收藏室管理员说这句话时，语气一定很紧张。

你追我赶

公爵把球放在第一盘时教授用粉笔在球场石头地上标出的那个十字记号上。数学家确认做标记的点位置正确后，和公爵一起上前仪式性地将分隔发球区和接球区的球网取下。他们把球网收拾成一团，交给了站在边廊里伸出手的抹大拉的马利亚。之后他们回到球场两端界外、十字标记的位置两边，各归各位。数学家站着，心不在焉，双手紧紧握在背后。他竟如此沉着，面对这场面没吹个帕多瓦小曲儿也算是个奇迹了。公爵在他对面蹲着，目不转睛地盯着十字记号上的网球，左手一遍遍撸着自己的大胡子。他和巴拉尔交换眼色。巴拉尔甚是莽撞，将一大笔赌金放在了下赌注的球线上。其他的赌徒也纷纷作了决定，赌哪边能够赢得下一场的发球权。他们放下钱后在边廊里各自找位置坐好。这是此次比赛中，众人的意见首次被清晰地分成两派。双方各自的帮手都转向两位比赛者的方向：此时，这两位正站在球场最远端的底线处互相顶撞，试图在赛跑开始之前就将对方绊趴下。公爵遵从教授的意见，大喊“开赛！”之后马上接了一声“开跑！”

对于画家，赛跑的开端似乎是灾难性的：刚要迈出一大步，对手就用他那条小短腿钩住他的脚踝。对方的诡计得逞了，但是意大利人揪住了西班牙人的衬衣，把西班牙人也拽倒了。两人扭打在一起。规则不允许用拳头打，但是他们可以在脱身的过程中，无限次用膝盖绊倒对方。

为了腾出地方站起来，画家试图侧滚。但是诗人的身子骨像个弹簧般将他缠住。诗人一把从躺着的地方翻滚起来将伦巴第人骑在身下，并用大腿顶住他的屁股，令对手动弹不得。占了上风之后，诗人起身，用一边膝盖顶在对手后腰。然后他用手按住画家的头，直起身来。看到情人的脑壳被人按在石头地面上不住地撞击，抹大拉的马利亚吓得遮住了双眼。要不是球场里的欢呼声太大，众人一定能听见画家头骨碎裂的清脆声响。

诗人刚站稳便急急忙忙冲过去将网球占为己有。但是时间紧迫，他根本来不及将球掷进看台。一侧脸被打破出血的画家使出全身力气扑向了诗人的后腰。两人再一次双双摔在地上。西班牙诗人拿着球不肯松手。他试图站起来，但是他感到画家的手抓住了自己的脚踝，不住地将他的身体往下拉。西班牙人又摔了。这回，画家骑在诗人身上。画家的膝盖压在诗人的胸口，试图将网球夺走。

两人在石头地上撕咬、肘击、抓挠，像小孩一般纠缠翻滚着。在某个时刻，诗人不知怎么的双膝跪在画家面前，而网球仍然被他牢牢地抓在手里。为了不让对手摸清楚方向，伦巴第人用胯部猛撞对手的脸。而西班牙人拼命将球从他的位置向看台掷去。球进了。公爵喊道："西班牙一方发球！"

围观的人纷纷退回边廊。数学家将意大利人放在球线上的赌资捡起来，数了数，然后穿过球场将钱交给了巴拉尔。巴拉尔将钱分给了那几个赌西班牙人赢的围观者。为了能走到边廊那里，他不得不跃过摊手摊脚躺在地上的两位选手。

两位选手肩并肩躺着，各自估摸着身上受伤的程度，根本没有力气起身。两人仰面朝天。和他们身上大面积的瘀青和抓痕相比，更让人们感到震惊的是，两人居然都勃起了，颇为壮观。"有意思。"抹大拉的马利亚说，脑中涌现出伴随着捏掐抓挠的三人交媾的香艳画面。

球

球场分成两部分，边界用石灰标出，两侧球场又被划成四小部分。每个小区域由一名球员把守，且规定不允许球员走出属于自己的这块区域。得分机制是这样的：球员们传递橡胶质地的球，穿过被固定在墙上的木制环形球网即可。球一旦落地，那么对方赢得发球权，以及首次传球便可以直接将球投掷过网的机会；若是任何一方连续输掉十三次发球，那么球员轮换位置，球队交换场地。

比赛打得令人激动，阿潘队最终获胜。科尔特斯从其他赌徒手里赢了一笔不小的赌资。跟着他的西班牙士兵们正从沟渠的另一侧观望着球赛。他们裹在铠甲中，走起路来叮咣作响，分外显眼，身体因为天气的原因都要缩水了。但是他们却认为自己没有引起对方一丁点注意：假如他们的头儿是库奥特莫克的话，他们可以更自在地行事。这些西班牙士兵心想，我们终于被墨西哥人接受了。他们甚至还评论道，也许应该常来看看球赛。

回码头的路上，科尔特斯觉得在此刻问王子“为什么你没有趁机杀了我”这个问题，应该不会有生命危险。“我的部下们离我们还很远。”他说。“世界上没有多少人能够轻易制服他们。不杀你，是国王提出的要求。”王子对玛琳钦耳语道。“他要求不杀我吗？”“他要求我和你对话，和你成为朋友。看看你是否能够向我解释为何还没离开这里的原因。”玛琳钦对这位印第安人说：“我已经向他解释了你放过他的原因，但是他并不相信。”然后她又为西班牙人翻译了一遍。接着，她问这位未来的国王，他内心的真实想法到底是什么：“要是没有国王的要求，你会杀了他吗？”“我会砍下他的脑袋，这一刀快极了，快到他的身体还会出于反应去捡自己的脑袋。”“但是你并没有带匕首啊。”“这对我来说不成问题。”他回答道。然后，库奥特莫克向两人解释如何在战场这般紧急而危险的场面中，为神灵做出最为迅速的祭祀：“把十指放进敌人的嘴中，双手将他的上下牙床掰开，掰掉下颚骨。然后用膝盖顶碎敌人的脊柱，一把揪下他的脑袋。”玛琳奇听后，突然觉得大腿内侧一小阵刺痒，泛起被人爱抚双乳的冲动。但是库奥特莫克看她的眼神还是那么无动于衷：因为他刚刚讲述的杀敌之法的确就是他在战场上常用的那套，句句属实。“他说什么呢？”科尔特斯问。玛琳奇告诉了他。科尔特斯听罢，并不觉得有意思。

三人走到宫殿外围的庭院。院子里挤满了正在听百姓高声抱怨的官员，场面好不热闹。科尔特斯将库奥特莫克借给他赌球的可可豆退还给他。“跟他说谢谢，”他对玛琳钦说，“不是谢谢他给了我可可豆，而是谢谢他遵守了他的诺言。”印第安人听到这番话，冷漠地看着他，然后回答道：“你告诉他，我和他迟早要在战场见面。到时候，我绝不会放过他。”“但我会免你一死。”科尔特斯回答道。但是，玛琳钦却并没有将这句话转述给库奥特莫克。

六年之后，确切地说是在1525年的忏悔星期二，科尔特斯向那名叫克里斯托弗的印第安人下了命令，让他将拴着铁链的国王绞死。直至此刻，一切已陷入混乱，比赛换场无数。而玛琳娜变成玛琳钦，之后变成科尔特斯嘴里的玛琳奇。直至此刻，每个人都在说着别人的语言，并在不知不觉中建立起了第三个国家：这个国家对自身的美丽视而不见，人们也从未懂得欣赏。“愿你的上帝宽恕你，玛琳钦。”库奥特莫克说，他用了西班牙语，算是向征服者告别。“不要诅咒我，”西班牙人的队长用纳瓦特语回答道，“你的帝国缩成一条船的时候，我可是饶了你一命。”“我不会因为我的死而诅咒你，”国王说，“而是为了所有其他被你杀死的人。在这片土地上，所有人提起你的名字都会感到羞耻。”所以，科尔特斯做四千堂弥撒这个点子，应该就是听到国王说这一句话时在脑中灵光乍现的。

参观卡斯蒂列哈德拉库埃斯塔的爱尔兰修女修道院时，我就征服者的鬼魂一事咨询了院长。“我们从来都没见过他，”她极为严肃地回答道，“虽然在过去他试图勾引某些修女。”院长接着说：“他给我们留下的，是一群和我们无法交流的死人。因为他们说来自另一个地方的某种语言。”“其中有一个长得倒是很英俊，’她说，“他走不了路。梳了个挺有趣的马尾辫，不在脑后而是在头顶。”“他给你们找过麻烦吗？”我问。“他呀，现在正坐在那个椅子上呢。”院长回答道。

《卡斯蒂利亚语暨西班牙语词库》

“球”（pelota）：日常物件，用于比赛或玩耍。种类颇多。但是最为常见的一种球由头发（pelo）填制而成，也是“球”这个词的来源。圆形，表面被分成四个部分。因为玩球的场地被称为“trinque”，被缠线球拍击打的小球被称为“trigonal”。

塞巴斯蒂安·德·科瓦鲁比亚斯[①]

1611 年

① 塞巴斯蒂安·德·科瓦鲁比亚斯（Sebastián de Covarrubias, 1539—1613），西班牙词典编纂者、译解密码专家和作家。

《庭园学院》

反宗教改革时期的教皇们个个认真严肃，对待工作态度积极，在他们身上看不到一丁点世俗气息。他们将成批的活人送入地狱，让他们经审判后在众人的注视下慢慢受死。他们在处理各项事务上都任人唯亲，贩卖输送权力轻易得好比大冷天擦鼻涕般随时随地。但是在这件事情上，他们有着充分的理由。只有家人值得信任；因为，倘若教皇没保护好自己而不小心暴露了弱点，任何一名下属都会不经过审判便毫不犹豫地割开他的喉咙。他们没有情妇或是子嗣，他们的教袍下是粗棉布，他们有体臭。他们是伟大的建设者。他们在每一个做礼拜的地点不知疲倦地检查，为了防止任何画作中出现哪怕半只乳房。他们对自己的所作所为深信不疑。他们不会自取其辱，身影从不会在网球场或是击剑场这种地方出现。他们从未参加过台伯河对岸举办的声色犬马的疯狂派对。

经历了十九年的流放生活后，蒙塔尔托大主教带着未来罗马的城市规划，乘坐着金色马车卷土重来，夺回了原本属于自己的宗座宫。在马车上，他交给妹妹卡米拉·佩雷蒂一枚博林球。

卡米拉全名为卡米拉·蒙塔尔托·迪·佩雷蒂，是一名年事已高的寡妇。卡米拉的为人处事令教皇中意，因此成为了他最亲信的人。但是卡米拉的女儿们为人处事的风格和母亲以及刚刚经过涂圣油礼的舅舅教皇西克斯都五世不一样。她们混迹宫廷，喜欢打网球，一派身价百万的年轻富家小姐的作风。“这是一种球类运动，”哈辛托·保罗·德·麦迪纳[①]于1630年在关于公主们私人经济状况的《庭园学院》一书中记载道，“在这种运动中，比起发球，女人们更喜欢接球。”

教皇西克斯都五世和妹妹出身贫寒：父亲是赶骡子的，母亲是洗衣女工。父母很早便去世了，教皇的其余十个弟弟妹妹也相继过世。比教皇小十四岁的卡米拉被哥哥拉扯大。两人形影不离，哥哥从教堂的祭坛侍童成长为神学院学生，之后成为了神父。卡米拉对哥哥的最初记忆，定格在哥哥为大主教整理斗篷衣带的那一刻。哥哥当时野心重重，对待妹妹也极有责任感。他照顾身后的弟弟妹妹的行为属于自然的亲情流露。

卡米拉的哥哥包揽了罗马重建道路和盖宫殿的所有纪录。这源于他对贫寒的恐惧，他似乎试图把贫穷的幽魂从被他统治的这个城市中驱走。相比哥哥，卡米拉则是个心思简单的女人，从

① 哈辛托·保罗·德·麦迪纳（Jacinto Polo de Medina, 1603—1676），西班牙巴洛克时代的作家和诗人。著有《庭园学院》（*Academias del jardín*）。

未介意过蒙塔尔托贴身仕女这个差事。虽然她懂得享受教皇妹妹这个身份为她带来的一切优惠和便利，但是她并没有被这些优越条件冲昏头。她的确在蒙塔尔托宫快乐地过着梵蒂冈公主般的日子，享受着荣华富贵。但是当她的哥哥穿过台伯河成为教皇西克斯都五世时，卡米拉却给朋友科斯坦萨·科隆纳写信，请求住在她家的凉廊里。和蒙塔尔托作为重建罗马计划一部分的庞大骇人的宫殿相比，科隆纳的家更为简朴，并且在这里更容易掌控局势。卡米拉不仅为人谨慎，也颇有修养。所以她很享受栖居在这个中世纪风格的宅邸中。女诗人维多利亚·科隆纳在庭院中举办各种聚会，米开朗基罗常为座上宾。

卡米拉从教皇手中接过这枚有些磨损的网球，之后便和女儿们搬到科隆纳的凉廊去了。“庇护四世在这里交给我这个网球，我又交给你了”，成为教皇后，他哥哥在某次拜访她时说道，“这真有意思。”“什么网球？”“就是那个用疯王后的头发做成的网球啊。还在吧？”“在，在这里某个地方。”“别弄丢了。这个网球是个幸运符，它伴着我度过了那几年黑暗的日子。”

卡米拉将那个网球（说实话她对它有些反感）放在负责监管凉廊的神父屋里。此人名叫潘道尔夫·普奇，在圣彼得大教堂有一定教职，是米开朗基罗·梅里西·达·卡拉瓦乔在罗马的第一任雇主。他让卡拉瓦乔创作了若干风景画，然后卖给村子里的教堂。没有一幅流传至今。

新旧世界之间一次尴尬碰面

就像我说的，埃尔南·科尔特斯那小身子骨拄不起在他的领袖人生中遇到的诸多重大事件。莫克特苏马派大使赠送的众多厚礼中的那件袍子，他也撑不起来。几天后，科尔特斯将双方交接礼物的地点起名为“韦拉克鲁斯的富饶镇”，也就是现今位于维特兹拉帕河口的小镇安提瓜。

几年前，为了庆祝发现新大陆五百周年，西班牙政府组织建造了哥伦布那艘圣玛丽亚号的复制品。当年平松兄弟[1]中的一人正是站在这艘船上远远发现了伊斯帕尼奥拉岛[2]。在韦拉克鲁斯的庆典仪式上，我见到了这艘复制品。后来我有机会在巴尔的摩港再一次见到它。租借期若干年，但租借原因不详。当时，船停靠在一个旅游区码头，被一艘二战潜艇和一艘奢华的英国三桅帆船夹在中间。

---

① 文艺复兴时期的欧洲航海家。

② 加勒比海的第二大岛。

我眼前的圣玛丽号就是个又小又破的划艇，令人难以相信它居然能承载一队靠喝脏水和烂啤酒、啃潮湿的硬面饼度日的探险者们。它充其量就是个小舟，像个小坚果或是被拔光毛的小鸟。科尔特斯决心将墨西哥的领土并入西班牙帝国版图之前，沿着墨西哥海岸从尤卡坦半岛驶向韦拉克鲁斯。这段航程中他所使用的双桅帆船，比这艘圣玛丽号还要小：这几艘船的尺寸之小，小到能把人气得七窍生烟，马在舱里根本站不直；这种船至多用在河里航行，若想停泊，拴在树上就万事大吉了。

从塔巴斯科开始，莫克特苏马的大使在陆地上一直追踪西班牙人的船到达目的地。这位西班牙人的队长和最早的那批征服者此刻头发蓬乱，睡眼惺忪。这么一大早，科尔特斯完全没有做好在墨西哥进行正式外交会谈的准备。“他们带来了金子，”那个名叫阿尔瓦罗·德·坎博斯的士兵说，“一大堆金子。”“那我这就去，”科尔特斯说，“去，把阿吉拉尔叫醒。”当西班牙队长从床上起身、双脚站在船舱的木地板上，身后还有一个人露了脸：她的头发纠缠在一起，皮肤上被他身体的重量压得泛起瘀青。这个女孩就是玛琳娜丽·特内帕尔，帕伊那拉的公主、波多汤赤安酋长的情妇，熟稔各种肮脏手腕。“该看你这张嘴巴的本事了。”科尔特斯命令道。她那习惯于多种语言的大脑刚开始学会听懂一些西班牙语的简单指令。她用琼塔尔语问：“服侍你吗？还是说这位？”但当她看到科尔特斯穿起衣服，阿尔瓦罗·德·坎博斯也没脱衣，她才恍然大悟：这所谓“嘴巴的本事”，原来是让我给他当翻译啊。

科尔特斯将自己全副武装。他下达命令，除了他的两副喉舌阿吉拉尔和玛琳娜丽之外，从远征队伍的十七艘双桅帆船上调出的十五名骑士也将一同前往，剩余的士兵在船上等待进一步指令。那是个极度干旱燥热的春日，但是他命令骑士们必须穿戴好护胸甲、紧身长裤和装饰有羽毛的头盔，要像准备进攻坎波拉时一样认真。科尔特斯从他船舱的抽屉里取出一条在古巴买的珍珠项链，当初买这些项链的目的就是为了应对礼物交换的需要。他把项链拿在手里掂了掂，然后又拿出一个物件：一条由绿玻璃珠子穿成的、挂着一个又破又小的铜十字架的细手链。他将这两件小玩意放进口袋，然后下到货仓解开拴马绳。

为了上岸，他们不得不趟过齐裆深的水，一只手牵着马，另一只手抓着船的锚绳。假设这根绳子烂了，假设科尔特斯戴了一副没怎么使用过的新手套，假设他走神了（比如用手拍死耳朵上的蚊子），这位西班牙队长可能就会被海浪冲走，陈尸墨西哥湾，西班牙的魔爪也就只能乖乖地缩回古巴的圣地亚哥。但是上述假设并没有发生。西班牙探险者们趟水上了岸，浑身上下的棉布衣服和皮革吸满了海水。他们向莫克特苏马派来的使者们行礼，一招一式还是他们小时候身为落魄的荒漠贵族时学会的拙劣伎俩。某位名为里卡尔多·德·洛斯·雷耶斯的上尉（“雷耶斯”意为国王们，但这个姓源于埃斯特雷马杜拉的一个镇子，和皇室血缘没有任何关系）甚至坐在岩石上脱下靴子把海水倒出来，结果被科尔特斯吼了一嗓子。假设这句训斥被记录下来并收录到字典里，那么今天肯定会成为一个经典的科尔特斯式的贬义形容词。

西班牙队长和手下的士兵们骑上马，去参加当地酋长举办的会面仪式。这位酋长见证了当时世界上最嗜血的两个帝国之间的第一次大使会晤。

双方在那个名字颇难念的恰尔奇圭耶坎镇的广场相会。在那里，科尔特斯独自从马背上下来。他的身体浸透了汗水，隔着皮革和铁器给了阿兹特克帝国大使一个拥抱。他手下的骑兵们惊觉，在阿兹特克大使和另外两名墨西加使节身后，还站着一队除了色彩炫目的腰带和披风之外什么都没穿的壮士，手持顶部绑着刀刃的长棍作为武器，甚是可怕。西班牙人无论带了多少匹马，他们的队伍一共只有区区十八人。这其中还包括了尚未成年的玛琳娜丽、胖神父阿吉拉尔以及科尔特斯这个老头子。

阿吉拉尔和玛琳娜丽替西班牙人翻译道，我们是为了和平而来，但条件是阿兹特克人民必须皈依基督教。对方信使满口答应，说好啊没问题，便拿出准备好的礼物。不论你去翻哪本历史记载，以下是莫克特苏马下属交给西班牙人的礼物清单：

1. 纯金太阳一枚

2. 纯银月亮一枚

3. 镶玉金银盘子逾一百套

4. 臂环、踝环和唇塞若干

5. 镶有蓝色宝石（如蓝宝石）的头饰和皇冠若干

6. 各种绿色石雕

7. 挽具、锁子甲、紧身短上衣、射击用具、盾若干

8. 羽毛饰品、扇子、羽毛质地披风若干

9. 模样奇特的纺织服饰和帷幔若干

科尔特斯表示感谢后，交给对方如下礼品：

1. 玻璃珠子手链一条

因为大洋两岸的两个代表团之间交换的纪念品相差悬殊，科尔特斯唤一名叫作贝纳尔多·苏亚雷斯的士兵将自己的头盔摘下来算作礼物。那么，西班牙人的礼品单上又多了一件：

2. 头盔一顶

礼品交接仪式完毕后，墨西加大使们互相看了看，眼神里带着一丝疑惑：不是因为科尔特斯的礼物太过于寒酸，就是因为他们宁愿让对方献出一匹马用作祭祀。科尔特斯微微鞠躬，然后转过身背对着阿兹特克大使们。当他正准备骑上马背离开时，阿吉拉尔禀告他，阿兹特克人还有话没说完。

那位领头的大使说："我们之所以为你带来厚礼，是希望你能够将它们献给贵国国王，作为两国之间友谊和相互尊重的象征。我们希望这些礼物合你心意，希望你把它们和你的手下们以

及你们带来的这些可怕的野兽们一并带回国。我们还希望，你永远不要再踏上我们的土地。”玛琳娜丽这个女人，心里打着小算盘，宁可当这个与其说是性格温和、不如说傻乎乎的老男人的妻子，也不愿意回去给酋长和他的哥们儿当性奴。她是这么翻译上述这段话的：“我们为你带来厚礼，但是和你之后会见到的珍宝相比，它们根本不足为奇。我们希望这些礼物合你心意。我们之所以献礼，是为了打消你们和可怕的野兽们继续前进的念头。因为我们清楚人民对国王深感不满，他们会选择抛弃我们，站在你的一边。”阿吉拉尔看着面前的阿兹特克勇士们和他们那立着刀刃的大棒子，说：“他们给你了一个热情的欢迎。他们说，带来的礼物属于统治这片土地的国王。因为他的子民感到不幸福，这位国王内心不安。他们说你最好不要帮助他，因为如果你想去任何地方之前都必须战胜面前所有的年轻人，他们可不好惹。”科尔特斯听罢，说他会好好想想。在场所有人都对他的回答表示满意。

西班牙征服墨西哥的第一阶段从头至尾，阿兹特克人和西班牙人之间的对话和上述情况基本一致。这一段历史以科尔特斯和他的手下们留在特诺奇提特兰城结束，之前的章节有描述。一群连对方的语言都听不懂、行事毛躁而愚蠢的家伙，居然大大改写了历史的轨迹：历史上找不到多少比科尔特斯和他的手下们所经历的更荒谬的故事了吧。

《水果篮》

在卡拉瓦乔一举成名的那些年，他还有第三位大雇主：费德里科·博罗梅奥。博罗梅奥是圣卡洛的表弟，米兰历史上最年轻的大主教。他二十三岁那年登基，当时上一位大主教、也就是狂热支持反宗教改革的卡洛刚刚过世。在这个历史背景下，若是米兰主教之位让给博罗梅奥家族之外的人，那着实令人费解。

卡洛·博罗梅奥此人，禁欲、扭曲、锋芒毕露；他是恐惧的代言人和该死的思想警察，前无古人。卡洛去世之前，费德里科曾经希望自己成为一名神学教授。当卡洛瞬间被奉为圣人之时，费德里科正在编纂《特伦托会议法令》，这意味着，不论是从逻辑还是教义的角度来说，费德里科都是不二人选；他是唯一一名真正理解反宗教改革到底是个什么鬼东西的人，而当时的欧洲正被这场宗教浩劫残害得血流成河。另外，费德里科·博罗梅奥是教皇布下的棋盘中的一枚关键棋子：在米兰，费德里科站在法国人一边，而这个城市刚刚被费利佩三世以西班牙王国之名暴力夺回。

接下来发生的事情看上去就并不稀奇了：1599年秋，流亡时期的费德里科·博罗梅奥住在位于圣王路易堂广场的朱斯蒂尼亚尼家中；而孔塔瑞里礼拜堂举行祝圣礼时，他也在场。

大主教博罗梅奥二世这个人不会假装圣洁，也不是什么道德楷模。他和邀请他来暂住的那位银行家不一样：他可是邻居举办的仅限男宾入内的化妆舞会的常客。但是，他需要维护家传的神圣姓氏。

费德里科·博罗梅奥藏有一批精挑细选的高品位艺术品。他过世后，这些收藏被保管在安布洛其亚图书馆。费德里科和他的圣人表兄卡洛不一样，卡洛将欧洲大陆置于悲惨境地。而费德里科则将钱财和时间花在购买书籍和手稿上。他的手下从希腊和叙利亚将它们送来，作为费德里科建立的古文化图书馆的馆藏。图书馆至今仍然存在。人类所获大部分关于古希腊的知识都归功于费德里科。

博罗梅奥二世莅临罗马：一小部分原因是为了在梵蒂冈代表米兰的利益，一大部分原因是在他的老家罗马，西班牙政府在当地的势力对他完全不感兴趣。此时的卡拉瓦乔还在迎合别人的喜好作画：他正要放弃田园派风格主义的背景噪音；这个风格充斥于卡拉瓦乔早期的圣经主题作品中，而在这时期之后，《圣马太蒙召》一举成名。博洛梅奥是卡拉瓦乔的首位私人客户：他买了一幅并不是那么有名的作品《水果篮》；这发生在卡拉瓦乔用那幅《友弟德与敖罗斐乃的头颅》中似烈焰般的鲜血将世界艺术史点燃之前。

卡拉瓦乔在《水果篮》中描绘的水果和自然界中所看到的水果并不相同，更像是在一定距离外从凹镜投射出来的影像。在当时，《水果篮》在人们眼中代表着精湛艺术的技艺：论画派，它更倾向于佛兰德斯地区的绘画传统，而非意大利派。文艺复兴时期光学现实主义画家偏好通过刻画一扇窗户，来展示用透视法缩短的室外景色。但《水果篮》却和这类风格不同，卡拉瓦乔选择刻画室内的三维空间：人们在这幅画中看到的，是一个放在架子上的篮子。为了凸显效果，《水果篮》的背景色和朱斯蒂尼亚尼府的博罗梅奥工作室的墙壁颜色一样。卡拉瓦乔甚至将墙体的细小裂纹和凹凸复制在画里。《水果篮》的背景也一定是卡拉瓦乔在这间屋子里现场绘制的。

完成这一篮子几近腐烂的水果，至多让卡拉瓦乔在画室中花费不超过两天的工夫。这幅作品高 31 厘米，长 47 厘米。这个尺寸意味着，画家只需用一只手就可以把住画框的上部，让整幅画布悬在指尖上晃晃悠悠地穿过圣王路易堂广场，而当时油画的主体部分已经开始风干。梅里西另一只手中一定拿着画笔和调色盘，聚精会神地思考如何在画中重现现实中墙面的质地和光泽。

运送这幅画时，画家很可能带着他惯有的挑衅劲儿。而这幅油画是一部革命性的作品，其开创性地位令我们后人无法想象。后人之所以不理解，可能是因为它从未离开人们的视线，并且在不知不觉中它已被复刻了一千遍。而它之所以具有革命性，不仅仅因为景象从画中延伸到了它被悬挂的墙壁上，而且此前在意大利从未有任何一位画家创作过静物画。这就是为什么这幅作品被命名为“水果篮”：当时，“静物”的理念还没有诞生。

画家一定是在中午从佣人庭院的入口进入朱斯蒂尼亚尼府中。墙面上的反光不是白色而是泛着橘色，犹如罗马秋日午后的阳光。他一定经过了马厩，穿过那一扇扇门，之后穿过厨房。走上佣人专用的楼梯之前，他一定吹开了遮住脸庞的头发。之后，他一定整了整身上的袍子，接着穿过连接低层和一楼主厅之间的假墙，用胯部将门顶开。博罗梅奥的办公室一定已经被布置完毕，静候卡拉瓦乔前来作画。与此同时，博罗梅奥正在梵蒂冈的政府办公室处理公务。

卡拉瓦乔正是在博罗梅奥这间办公室中，看到那个改变了他的色彩观的物件——一顶主教法冠。此法冠是献给教皇保罗三世的诸多法冠中的一顶：送礼人名叫巴斯克·德·基罗加，一名古怪、激进但很有可能才华横溢的主教；送礼的契机，是保罗三世唤此人来参加特伦托会议。

光芒万丈

首次以礼物交换为目的的简短外交仪式结束后，科尔特斯命人将箱子抬来，把献给国王卡洛斯一世的礼物送回船上。当他们将所有的礼物清点包装时，这位西班牙队长的目光落在其中一件斗篷上。他看着喜欢，因为这斗篷上织满了各式图案：它讲述了一个关于蝴蝶、玉米、蜗牛、江河和番瓜果子的故事。这繁复喧闹、神秘玄妙的故事由片片棕色色块钩织而成，看得出来制造此物的艺术家工艺精细，技术了得。"这件斗篷应该值不了多少钱，"科尔特斯对那位正做着公证的士兵说，"你干完活就把它送到我的房子里吧。""你没有房子啊。"士兵回答道。"呃，那你们给我造一所房子，就在这儿。"他边说边指指地面上的一处位置。他的手下们，包括杰罗姆·德·阿吉拉尔在内，纷纷转身看着他。"叫剩下的军队下船。今晚，我们要在陆上过夜。"

到了晚上，科尔特斯将那张据为己有的棕色斗篷铺在吊床上。帐篷由棕榈叶做顶，四根柱子支撑，吊床拴在其中两个柱子上：这个破帐篷便是这位欧洲队长在美洲大陆土地上的第一个前哨。“尤利乌斯·恺撒带着他的图书馆四处征战，我为什么不能带着这个床罩露营呢。”科尔特斯想，兴致缺缺地看着玛琳娜丽。而玛琳娜丽正比划着手势试图向科尔特斯解释，这并不是个斗篷或是床罩，而是一件比其他所有礼物都要珍贵的御用披风。另外，假设莫克特苏马的本意是向西班牙国王献上厚礼，那么这件披风最合适不过了：在它面前，其他礼物充其量只能用来填箱子。

科尔特斯披着莫克特苏马的御用披风，将玛琳娜丽压在身下泄欲。完事后，他一把拽过披风盖在自己身上，睡了个心满意足。而玛琳娜丽则花了好几个小时才得以入睡，披在身上的这件皇室宝物令她受宠若惊。她突然意识到自己命中注定将睡在帝王的披风下，这个念头让她顿时进入梦乡。

埃尔南·科尔特斯在墨西哥度过的第二天是漫长的。另外，因为他命令手下的士兵每次出行都必须全副武装，天气也显得更加闷热潮湿。他在心中已经构筑了一个西班牙镇子（如果不是西班牙的，至少是古巴的），并且花了一整天的工夫勘探这个未来小镇的边界。但是在他手下的士兵们心中，这片土地只不过是个蛇穴和虫洞；虽然士兵们并不理解为什么要这么做，他们还是不得不将这里的树丛杂草清理掉并辟出一片地。可惜他们的队长脾气暴躁，没有人敢鼓起勇气询问为什么他决定在这里安营扎寨，而不是继续沿海岸探索前行。

当小镇主干路（也就是日后韦拉克鲁斯的富饶镇）畅通、士兵岗哨拔地而起之时，队长下令在他昨晚就寝的茅屋旁边建造一所教堂。“圣坛的材料必须用土坯，”他说，“这样阿吉拉尔就可以体体面面地做弥撒了。”队伍中掀起阵阵叛变的骚动，而科尔特斯用从古巴带来的啤酒压制了士兵们的不满情绪。“今天，我们要像国王般吃个尽兴，一醉方休！”他说。

科尔特斯查了查剩余的存粮，算了算大概能够坚持十天或者十二天的供给。而他面前的这片土地是如此富饶，就像是撞见了的财宝，供他们肆意享用。除了这意外之财外，玛琳娜丽在恰尔奇圭耶坎找到了甜水虾。另外，他们找到两名印第安妇女来为士兵们制作玉米薄饼，以及一种名为波瑟尔的混有巧克力的玉米面饮料。

那晚，当科尔特斯问玛琳娜丽她到底做了些什么让印第安人如此慷慨大方，她通过阿吉拉尔翻译，透露了这个改变了世界的点子：“我和他们说，我们之所以来到这片土地，是为了推翻他们的暴君。我们的马加上他们的箭，足以将他们从阿兹特克人的枷锁中解放。”

在墨西哥的第三天，科尔特斯并没有去参观教堂的建筑工地。在两位喉舌的陪伴下，他花了一整天的工夫去和周围村落的居民们攀谈。他走遍了镇子的每一个角落，造访了农田。他和酋长一起享用冷饮。而酋长派人帮助西班牙士兵建造教堂，以便早日完工。科尔特斯和阿吉拉尔一致认为，此举显然表明韦拉克鲁斯的首批本土居民已经准备好接受真正的信仰：虽然那位酋长在借给他们一些人手之后，请求他们拴住那些可怕的狗和马作为回报。

夜晚临近，科尔特斯察觉到探险队成员的心情比前些日子更低落了。虽然建筑教堂的任务因印第安人的到来加快了进展，但是身处这片致命的不净之地，他们的健康也每况愈下：已经有两名士兵因为发烧而病倒了；一条狗活活被虫子吃了。“队长，这让我们如何继续下去？”名叫阿尔瓦罗·德·坎博斯的士兵问他。

科尔特斯再一次让士兵们喝了啤酒，而他自己则钻回棚屋和玛琳娜丽鬼混。就在那天晚上，她打着手势和他说，她想把那张披风从吊床上取下来，挂在“队长之家”（他俩给茅屋起的名字）的柱子上。倒不是因为她觉得经过此番布置小屋会蓬荜生辉，而是因为这样做至少可以让这件如此珍贵的宝物不再受到精液和口水的亵渎。科尔特斯听罢耸耸肩，边说“你愿意怎样就怎样吧”，边把披风扯过来盖在自己身上。在这一刻玛琳娜丽意识到她赢得了两人之间的这场争执，而这场争执看上去愈发像是发生在夫妻之间，而非主仆之间。

第二天早晨，科尔特斯前脚刚踏出茅屋前往工地和士兵以及印第安人搭建教堂，玛琳娜丽后脚便将披风挂到柱子上。科尔特斯的出现的确让工地的抱怨声变少了些，但是并没有完全改变这怨声载道的场面：一个持有异见的西班牙人不论在什么情况下都会满腹牢骚。那天晚上，营地搭起、觥筹交错之时，科尔特斯对一名叫作阿尔贝托·卡洛的士兵说："如果我逼他们用石头建造教堂的大门，你觉得他们会起义吗？""啤酒总有一天会喝完的。"卡洛回答道。队长则固执己见："可怜的阿吉拉尔自从被琼塔尔人带走后，就再也没有做过弥撒。你不觉得这理由足够充分吗？""你要是问我，我觉得阿吉拉尔可以回到丛林里待着。"卡洛说。"但是如果照我说的做，可以让他们至少有事情干。"科尔特斯表示反对。"有事情干？"他面前这位士兵反问，"有什么意义？我们应该回到船上，继续前进探险。"说这句话时，他带着怨气，若是在一个纪律严格的军营，这种语气可以被认作为哗变。作为回应，队长耸耸肩，说："明天我会做决定。"

晚上，当科尔特斯回到"队长之家"时，玛琳娜丽心情颇好。趁所有人都去工地建造教堂之时，阿吉拉尔为她受洗，并赐予她一个基督徒的名字：玛琳娜。他给了她一张临时制作但还算管用的受洗证明，玛琳娜转手交给了她的主人。"堂娜玛琳娜？为什么取了这个名字？"科尔特斯读出来问道。然后，他差人将神父叫来。

阿吉拉尔解释道，这个姑娘在献身于科尔特斯的滔滔激情之前曾是一名公主，身为贵族身上流淌着皇室之血；现在她已受洗，所以她不再是科尔特斯的奴隶；但如果两人想继续保持之前的关系，那么可以作为普通法定伴侣同居。“你说这么多，到底什么意思？”堂埃尔南多问道。“我的意思是，你可以把她带回古巴，让你的老婆见鬼去吧。这样是合法的。”“你会和我们一起去吗？”“你别傻了，我会回到尤卡坦。”“你会在那些笨蛋们建造的破教堂里主持感恩祈祷的弥撒吗？”“感什么恩？”“求你了。”“你让我做什么我就做什么。”

回到“队长之家”，玛琳娜正等着她的探险家，准备向他献上她这个刚刚重获自由的女子能够给予他的唯一礼物：她的肉体。她全身赤裸地站着，用秀发做烛芯的蜂蜡蜡烛燃起的烛光映在她的身体上。玛琳娜的主动献身令征服者极为兴奋，他立刻跪到地上，将鼻子埋进她的双腿之间。她坐到吊床上，张开双腿。为了让他的胡子摩擦她的阴部，她将胯部不住地向前顶：满脸胡须的男子令她不能自已，为之疯狂。她的手伸到他蓬乱的头发里。科尔特斯很喜欢玛琳娜丽的味道，因为她年轻，每天早上都会沐浴，并且以花作食。她躺倒在吊床上，双手牢牢将吊床抓稳，任由高潮降临：两腿分开，双臂伸展，乳头高耸指向棕榈叶搭成的房顶。她的小腿钩住队长的肩膀，在他的后背交叉。高潮来了。她再次躺倒在吊床里。正是在这个瞬间，跪在地上的科尔特斯抬起头，看到了莫克特苏马披风上被烛光点亮的那一片喧嚣。

这片令他如此欣赏的、做工精良的织画，这片让他最终决定将披风保留的织画，居然在发光：画中的鸟儿直冲云霄，好像自己在发光；沿着光芒可以追寻到披风上的太阳；蝴蝶的颜色缤纷各异；借着烛光，玉米穗似乎在微风中摇曳；之前他认为是番瓜果子的部分，其实是男人和女人们一张张充满完美的泥土灵蕴的脸庞，和植物、蜗牛以及科尔特斯之前忽略的各色动物水乳交融；游动的鱼儿们在水下搅起阵阵碧波；画中，居然下起了雨。“我告诉过你的。”玛琳娜丽在科尔特斯耳边用琼塔尔语喃喃道，咬了一下他的嘴唇。

第二天早晨，队长在部队吃早餐时现身。现在部队成员已经包括了前来做木工的印第安人。当他用玉米薄饼卷起一块由蚂蚁、花和辣椒混合而成的馅料时，他语气随意地说道：“我们必须在今天完成修建教堂的墙体，这样阿吉拉尔就可以行祝圣礼了。然后，把献给国王的礼物运到古巴，将其他十艘帆船拆卸。”科尔特斯手下们听到他的话，一个个睁大了眼睛。他们忘记了手中的食物，以至于玉米饼里的蚂蚁纷纷逃出。然后他说：“我们需要木头和铁器。”众人中，只有阿尔瓦罗·德·坎博斯鼓起勇气开口问道：“为什么需要这些？”

“傻子，我们要去攻下特诺奇提特兰城。”

第三盘第一局

伦巴第人看着诗人，两人四仰八叉地躺倒在地。他耸起眉毛算是打招呼，西班牙人也同样回敬。这是两人自昨夜起首次在球赛之外的交流。

画家坐起身，将脸上的血渍擦掉，来回甩头，然后终于从地上站起来。他立刻走向他的对手，并伸出一只手。诗人毫不犹豫地伸手握住。当他起身时，肩衣从衬衫里掉了下来。伦巴第人捡起来拿在手中翻来覆去地看。“我以前见过类似的物件，”他说，“这是什么？”“肩衣。”“不，我指的是上面的图案，是什么材料做的？”“我也不清楚，”西班牙人回答道，“从新世界带回来的。”画家拿着肩衣又端详了一阵子，然后物归原主。“你见过这图案反射光时的样子吗？”诗人没有听懂对方提出的这个问题，他把肩衣塞回到衬衫下面。

伦巴第人把胳膊搭在西班牙人的肩膀上，在他耳旁低声细语道：“你记得我们为什么要比赛吗？教授和我说，这是你我之间的一场决斗，但是他并没有告诉我原因。”诗人点点头。如果允许的话，他会让对手在他耳畔呼吸的感觉弥留更久。他大喘一口气，将画家摩挲他左肩的那只胳膊晃掉，那个部位因为刚才的一通你争我抢而隐隐作痛。他说："把你的脸擦干净 还在流血呢。"意大利人用袖子抹抹脸颊，鬼知道他这一身黢黑的行头穿了多少天，擦完了袖子上也根本看不见丝毫血渍。"要是我们能够休赛去喝点东西该多好啊，"他说，"比如加了水的酒。"西班牙人听后，笑了笑："喝了酒会更糟。"此刻，西班牙人得以近距离观察这位对手，发现他不过长了一幅颇为平常的脸，一改之前野蛮的印象。这让西班牙人几乎心软了。"来，咱们速战速决。"他说。画家耸耸肩，在公爵和教授拉网前穿过球场。

比赛前夜，从妓院出来的西班牙人很晚才回到下榻的大熊客栈。他们兴致颇高，性欲和食欲都得到了满足。他们回到客房前在底层停留了一阵，那时候浑身上下都充斥着醉酒后的傻气。

底层此时除了一群二流子之外没有其他客人。这帮人喝着酒，霸占了好大一片不属于他们的空间，比一般罗马街上撒野的醉汉们要闹腾得多。一共六七个盲流，当中有一个神似神父、留着老头儿胡子、看上去像是个士兵的年轻人：身材精瘦，一席黑衣，两撇尖尖的八字胡，下巴上还有一撮法式大胡子。此人是这群人中唯一佩戴匕首和剑的。

西班牙人并没有好事：因为他们清楚，一半的罗马人站在法国那边，早就受够了费利佩国王；况且，他们现在躲在罗马是为了逃避法律的惩罚；他们喝高了玩累了，根本没有体力继续胡闹。西班牙人并未声张，而那帮意大利人呢，手舞足蹈，歇斯底里地狂吼大笑。

起初，是奥特罗无意中和这帮意大利人搭上话的。当时他正起身去取第二瓶酒，在吧台他注意到了这位年轻人：他的身体稍许前倾，惹人注目的大胡子让他看上去值得信任；那时他正在为他们那桌人点一瓶格拉帕酒。奥特罗操着一口蹩脚的意大利语问他点的是什么酒，年轻人熟练地用西班牙语回答道“奥卢霍酒”。年轻人向店家要了一个杯子并且灌满，然后笑着递给奥特罗。“你尝尝。”他说。一辈子喝了鬼才知道多少杯奥卢霍白兰地的士兵奥特罗，抿了一口，瞬间舒服得飘飘然起来：格拉帕酒虽好，但杯中的奥卢霍却让一束几乎无法抗拒的光芒在下丘脑喷涌而出。奥特罗提出用自己的酒和年轻人手里那瓶他刚刚品尝过的口感细腻的奥卢霍交换。然后奥特罗将酒带回自己那桌，并和这位与他分享了一杯白兰地的年轻人礼貌地道了别，年轻人也回到自己的座位。酒很快就被他们喝完了。

上楼睡觉之前，西班牙人正聚在一起胡说八道，而正在此时店家又拿来两大杯格拉帕。“一杯算是店里的，另一杯是那边的先生们请你们的。”店家边说，边把两大杯酒重重地放在桌子上，酒洒出来了一些。公爵和诗人互相看了看，什么都没说：两大杯格拉帕对他们现在的状态来说，可是个不小的挑战。奥苏纳公爵谢谢店家，将他手下们的杯子逐一倒满，然后朝着意大利人的方向举起大酒杯，豪饮一大口。这两拨野蛮人臭味相投：公爵这个举动令这帮当地人欢声雀跃，意大利人马上拖来一把椅子邀请他过去。

诗人比任何人都期待比赛快点结束。当他已经开始将球弹向地面时，公爵喊了一嗓子，带着自比赛开始首次表现出来的权威派头，“你干嘛这么着急？”诗人转过身看着他，耸起眉头。他的司线员唤他到边廊处，而此时意大利人并没有错过机会，吹起口哨来。画家用网球拍挠了挠脑袋，动作夸张。数学家则翻起眼珠，望向屋顶的横梁。

“你他妈的是怎么计划的？”公爵问道。“我要扛住，”诗人回答道，“利用墙，拖垮他。”“好吧。”公爵说。他右手大拇指指着奥特罗的手下们，随后补充了一句：“他们问我，换场的时候你跟那个不男不女的家伙说了些什么。”护卫队的那帮人令人不快地哼哼着。“我怎么不记得我问过这个问题？”巴拉尔说。“呃，好吧，那就算是我问的。你们俩聊什么了？”“我们聊了聊我这件肩衣，热天，没别的了。”“你必须打败他，不能放弃。我说让你来，可是让你来赢的。”

诗人把脑门靠在扶栏上歇息。他摇了好几下头，然后回到球场底线。他大喊“接球”后发了枚臭球，这球飘着飞到对方的球场，差点没打中房顶。画家没有接。他看着网球，目光透着疲惫和不耐烦。面对这位服侍着不可理喻的大公的十九岁西班牙小子，野蛮但有城府的意大利人集中了浑身上下无限的鄙视，大吼道："要发就发个像样的！""十五比零。"公爵喊道。公爵此刻感到愤怒，因为他也注意到诗人刚才在和画家争夺时勃起了。不管怎样，这都是爱：零分的爱。

诗人二次发球，比上回更为果断。而画家呢，在将球击回之前，语气令人厌恶地问了句："喂，西班牙人，你弄完了吗？"他边说边晃着屁股，残忍的举动带着股阴柔。虽然他对诗人的调侃并没有多么传神，但是引起观众群中一阵喧闹，甚至把西班牙卫兵们都逗笑了。诗人将球早早接住，旋即打到对方场地的角落里。"三十比零。"公爵大喊道。然后他回头冲着奥特罗骂："你个狗杂种，你是不是连你妈都笑话？"那帮雇佣兵听罢，互相交换了一下眼色。

诗人第三次发球势如破竹，极为恐怖。画家从发球线远远地接住了网球，回敬了一个短打，迫使诗人打出侧旋。意大利人还是接住了球并回击。但再次击球时，网球落在了另一侧球场的尽头，他根本不想去追它了。当公爵喊道"卡斯蒂利亚人赢得第三盘第一局"时，诗人狂喜不已。

无名之爱

有这么一幅来自17世纪早期、名为《海辛瑟斯之死》的油画。虽然在过去的某一段时期里人们认为这幅作品由梅里西所作，但是在今天它的创作者被认为是梅里西的徒弟之一，很可能是切科·德尔·卡拉瓦乔。在这幅画中，海辛瑟斯和阿波罗被定格在前者临死前的一瞬。假设身中乱箭、达到极乐境地的圣塞巴斯蒂安没有成为同性恋文化的守护神，那么海辛瑟斯很可能在今天得以成为男性间同性之爱的神话象征。

身为阿波罗的朋友和情人，海辛瑟斯是女神克利俄和某位马其顿或伯罗奔尼撒国王的儿子。他的父亲到底是马其顿人还是斯巴达人，取决于讲故事的人来自哪里。太阳神阿波罗深深地爱恋着这位英雄。而当阿波罗训练海辛瑟斯的体育技能时，使出了天神之力向他掷出一枚铁饼，却意外将其杀死。阿波罗大声恸哭，泪流成河，而他的泪水将海辛瑟斯的身体化成了一朵与他同名的花朵，风信子。阿波罗的这个举动阻止了哈得斯将海辛瑟斯带入冥界。

在古希腊，人们把这个神话场景与青春期到成年的过渡联系起来。在描述关于海辛瑟斯之死的古典绘画作品中，西风之神泽费罗斯带着海辛瑟斯一起飞翔，以防他跌入冥界。有个专有名词用于形容两人飞翔的姿势："股间交媾"（intercrural coitus），也就是不需要插入阴茎的交媾；交媾双方通过在大腿上摩擦外阴而达到高潮。

切科·德尔·卡拉瓦乔是梅里西所有追随者中最忠实于模仿的一位。"卡拉瓦乔主义者"（Caravaggisti）这个词就是用来形容切科这种画家的：他们模仿梅里西，直到这位艺术之星陨落。另外，切科是唯一一位在梅里西画室中工作过的学徒，几乎每次梅里西犯下恶行时，切科都陪伴在他的身边：这些恶行令卡拉瓦乔声名狼藉，成为众人眼中不服管教、蔑视圣城法规并喜好犯罪的恶棍。出现在梅里西画作中的切科的正面裸体（比如尖声大笑的爱神，或是年轻时期的施洗者圣约翰）至今看来仍颇具挑逗意味。

在海辛瑟斯之死那幅作品中（后来提埃坡罗①也画过这个主题），阿波罗为了他死去的情人而哭泣。但他手中并没有拿着神话中所提到的铁饼，而是一个球拍。在逝去的英雄脚下，一株风信子在他的网球拍旁绽放：鸟儿已死。

---

① 乔凡尼·巴蒂斯塔·提埃坡罗（Giovanni Battista Tiepolo, 1696—1770），巴洛克时期著名画家，威尼斯画派最后的代表人物。

前妻

结束拉斯伊维拉斯的探险后，埃尔南·科尔特斯回到墨西哥。这次回归距他下达命令将库奥特莫克绞死已经过去了一年半的光景。玛琳娜也被嫁给了一个西班牙男人，科尔特斯将奥里萨巴镇赏赐给她作为结婚礼物。他和三千五百名手下去了拉斯伊维拉斯，也就是未来的洪都拉斯，但仅有八十名西班牙人跟随他回到墨西哥。在军队中占绝大多数的印第安人已然完成了他们的神圣使命：他们听着三千四百二十条狗在夜晚的狂哮，因疾病或战火而死亡，随着他们最后一位国王而去。当然，当他们当中很多人发现自己身处陌生的土地，而且那里不存在任何敌对帝国需要被征服时，他们所做的仅仅是逃到灌木丛里，与身为基督徒所承担的一切荒谬之事一刀两断，并宣布自己不再受卡洛斯一世的控制和奴役。

拉斯伊维拉斯探险是一次极大的失败。探险队需要经过一段险峻的危地马拉山地。在这个过程中，除了那些残废的或逃到野地里的，还有坠下悬崖的士兵，他们还失去了六十八匹马。他们经历了饥荒和埋伏。而在一次敌人的埋伏中，科尔特斯被箭射中头部。这支箭是如何被取下、科尔特斯又是如何幸存的，并没有令人信服的史料记载或说明。探险队员们饱受疾病的折磨：身边没有了懂得医术的特拉斯卡拉的萨满姑娘，臭脾气的玛雅老女人们的手艺只会让他们病得更重。

科尔特斯和他手下的士兵们之所以获救，是因为他们在洪都拉斯海岸的某个地方遇到了一艘补给充足的西班牙航船。征服者赊了账，将船和船上所有的东西一股脑买下（包括船员），然后坐船继续前进。因为条件大大改善，科尔特斯在回墨西哥的路上得以优待自己：他经停古巴去拜访自己的老朋友；回到韦拉克鲁斯时，他满腹流油，衣着光鲜。

回到墨西哥城的第一个夜晚，科尔特斯是在奥里萨巴镇度过的。在科尔特斯下榻的镇长老院，玛琳奇礼貌性地探望了他。两人坐在桌旁说话：他们现在是仇人，就像是所有曾经在一张床上共度良宵但后来分手的人们。科尔特斯撒谎说这次探险十分成功，说他建立了三个重要的港口城市；但实际上，他放手让这三个城市自生自灭。和世界上所有的前妻一样，她说她很庆幸从面前这个不再风光的男人的大拇指下逃出来。说她只是很想念他们的儿子马丁，她给他寄了很多信和礼物，但是他从未来拜访过她。谈话的最后，玛琳奇交给科尔特斯一个用阿兹特克末代国王的头发编织而成的、带有麻雀图案的织物。“这是什么？”科尔特斯问。自从在贝登的丛林里发高烧之后，他有时候会忘事。“这是你要我缝的肩衣啊。”玛琳娜回答道。科尔特斯闻了闻，然后把它展开举起来。“你还没穿过呢。”他说。“我要是穿了，那我就是疯了。”肩衣坠饰上的装饰物并不是科尔特斯在库奥特莫克被处死那天交给她的那枚银币，而是由羽毛制成的瓜达卢佩圣母像。科尔特斯吻了一下圣母像。他调整了一下手中肩衣的角度，圣母像在烛光的映照下闪闪发光，笑容透着久违而真挚的欣喜。“谢谢你。”他边说，边将肩衣紧紧握在手中。接着，科尔特斯把肩衣穿在了身上。

当吟游诗人洛贝·罗德里格斯在科尔特斯位于塞维利亚城外的卡斯蒂列哈德拉库埃斯塔的家中发现他的尸体时，他将肩衣从科尔特斯的脖子上摘下。原来，征服者一直将它穿在身上，从未脱下。

行窃

1620 年，身为医生、并为艺术家写传记的医生朱利奥·曼奇尼[1]在《关于绘画的思索》书中有一段关于米开朗基罗·梅里西·达·卡拉瓦乔的介绍。朱利奥曾为卡拉瓦乔看过病，卡拉瓦乔在一次炫技造成的事故里受伤后找到他：那场面，刀光剑影，马儿乱踢。书中那段关于卡拉瓦乔的简短的传记是这么开头的：“我们的时代归功于梅里西所创作的艺术。”

我们从朱利奥·曼奇尼的书中了解到，卡拉瓦乔在 1592 年已经抵达了罗马。当时他 21 岁。他住在科隆纳家族府中的凉廊里，受雇于教皇西克斯都五世的妹妹卡米拉·蒙塔尔托。卡拉瓦乔一定是带着科斯坦萨·科隆纳公主的推荐找到卡米拉的，而公主雇佣了卡拉瓦乔的父亲在米兰做石匠。这位伦巴第的女贵族总是抵御不了卡拉瓦乔的魅力：科斯坦萨为在可怕的瘟疫中失去父亲的小卡拉瓦乔

① 朱利奥·曼奇尼（Giulio Mancini, 1559—1630），意大利内科医生，艺术品收藏家和艺术评论家，著有《关于绘画的思索》（*Consideranzioni sulla pittura*）。

提供了保护，一生中数次满足了卡拉瓦乔寻求工作和宽恕的请求。

科隆纳家族希望在16世纪末期向呈爆炸式增长的罗马城引荐一位画家这件事，其实并不稀奇。伦巴第培育出了众多银行家、出色的将军和血统高贵的神父。但是如果它没有培育出一位能够粉饰罗马教堂墙壁的当地画家，伦巴第或许很难在历史上功成名就。

住在科隆纳宫的那段时间里，卡拉瓦乔所描绘的圣经人物并不出众。卡米拉·蒙塔尔托推荐他为潘道尔夫·普奇作画，而这个卑鄙下流的神父给卡拉瓦乔的报酬甚至难以果腹：在普奇家里，仆人们顿顿只吃生菜。

曼奇尼记载道："头盘、主菜、甜点甚至牙签都是生菜做的。"为了在罗马这个全欧洲所有年轻艺术家荟萃的都市找到一席之地，卡拉瓦乔吃了很多苦。虽然他经常在醉酒后闹事，令人闻风丧胆，但这也成为他慰藉自己的方式：喝醉了的他，叫普奇"沙拉先生"。从书中看出，曼奇尼也知晓此事。这说明年轻的卡拉瓦乔肯定不是什么表现良好的模范人物。

顺理成章地，梅里西很快便离开了卡米拉·蒙塔尔托和那位"沙拉先生"，不再为他们服务。离开之前，他偷偷拿走了卡米拉的那枚博林球作为补偿。其实他不止对那个装网球的盒子感兴趣，他肯定将盒子贱卖给了某个不上档次的珠宝商人。除了绘画，室内网球是卡拉瓦乔一生的挚爱，也是他的收入来源之一。

他那长着肮脏指甲的手指，从反宗教改革烈火留下的一片灰烬中伸出：它们没有朝着太阳像血肉组成的蝴蝶般伸展开翅膀；而是一把抓住了那枚网球，然后将它偷偷藏到了衣服兜里。

像猪一般恶心的神父们

米却肯州教区主教巴斯克·德·基罗加收到了参加重新启动的特伦托会议的邀请，被要求着教士袍出席。如果说科尔特斯胯下的铁马在 1521 年到达了神圣罗马帝国最为遥远的疆域，那么到了 1538 年，阿兹特克人已经和亚特兰蒂斯人或加拉曼特人一样，从地球上消失并变成了一个谜：阿兹特克人的基因散落在特斯科科湖湖底；或是在特诺奇提特兰城垮掉之时，随着从一堆堆被烧死的尸体冒出的浓烟被吸入肺里。我们墨西哥人不是墨西加的后裔，我们的祖先是那些投奔科尔特斯并助攻、毁掉墨西加的众部落。我们的国家墨西哥，她的名字代表着乡愁和自责。

1537 年，也就是基罗加主教收到教皇保罗三世亲笔签署并封印的特伦托会议邀请函的同年，在历史上有重要影响的、阿兹特克帝国永远无法击败的布雷佩查部落居民们被西班牙征服军砍下头颅。这场战争打得干脆利索，因为并非势均力敌：唯一的参战者就是征服军。布雷佩查的印第安人们自知无法抵御中部美洲所有部族的进攻时（这是所有部族首次在欧洲人炮火的指挥下统一起来），一箭未射便跪倒在他们的新主人面前，布雷佩查国王也被迫受洗。但他们主动投降的条件，是保证原布雷佩查国土完整。欧洲人答应了他们的要求，将这片土地重新命名为新加利西亚：新加利西亚北起锡那罗亚州，南至巴尔萨斯河水；在16世纪时，它名义上独立于新西班牙总督辖地。虽然领土被保住了，但是布雷佩查被努尼奥·贝尔特兰·德·古兹曼出卖，其军队以野蛮且不光彩的方式血洗了布雷佩查的统治阶级以及部队。古兹曼后来是新西班牙的第二位总督，他还征服了米却肯州。1538年，也就是基罗加主教收到特伦托会议邀请信之后那一年，古兹曼已经被关进监狱，在囚牢中度日（希望他痛苦不堪）：罪名包括谋杀、盗窃和懦夫行径。

在那个年代，为神圣罗马帝国冲锋陷阵的利刃已经不再是武器或是马蹄，而是巴斯克·德·基罗加手中那本《乌托邦》的书脊：这本书指向哪里，欧洲的疆土就会扩展到哪里。“来，在这里建造一个钢铁工程。”主教边对印第安人说，边用书脊指向一片空地。这些印第安人对他颇为爱戴，他们唤他“塔塔”，也就是祖父的意思。虽然当地人和基罗加都还未意识到，但这拔地而起的一切，成为神圣罗马帝国庇护大树上的一个新生的枝杈。“在这里建所学校。”“在那里建一所医院。”《乌托邦》的书脊指向哪里，哪里便生出一叶枝杈。

当我写这部小说的时候，我自己都不清楚这本书到底关于什么。它并不只是关于网球赛，也并非意在解释美洲大陆是如何缓慢而神秘地被并入所谓的“西方世界”——“西方世界”这个错误概念令人愤恨，因为从我们美洲人的角度来看，欧洲明明位于东方。也许，这本书所讲的，只是如何写这本书而已。也许，这世上的书皆是如此。这本书里有很多来回与反复，就像是一场网球赛。

这不是一本关于卡拉瓦乔或克维多的书，虽然两人在书中出现。此外，还有科尔特斯和库奥特莫克，以及伽利略和庇护四世。历史的巨人们对峙着：他们发泄肉欲，饮酒赌博。小说让一切伟大的人与物分崩离析：因为所有的小说，包括最纯洁的那种，都稍许色情。

这也不是一本关于网球是如何成为大众运动的书，故事的内容基于大量关于网球的研究成果，这笔科研资助来自纽约市公共图书馆。在这个过程中，我发现了一个有趣的事。几番斟酌之后，我开始了调查。这个史实便是：卡拉瓦乔这位历史上真正能被称为现代画家的名家，同时还是一位网球手和杀人犯。我们的兄弟。

这也不是一本关于反宗教改革的书，虽然故事情节确实发生在那个被我们称作反宗教改革的时代。这就是为什么作为本书主要人物的神父们个个扭曲而嗜血，或沉迷肉欲，或糟蹋儿童作为娱乐，或偷盗成瘾。他们以神的名义，将满世界搜刮来的税金和施舍无耻地塞进了自己的金库。一群肮脏下流的神父们，猪一样的神父们。

但巴斯克·德·基罗加和他们不一样，他是位好神父。这位男人在必要的时刻告别尘世，化为了上帝的仆人。和那些以上帝之名在罗马、西班牙以及美洲四处鸡鸣狗盗、杀人越货之徒不一样，他心中的上帝颇为美好。但可惜的是，美好的上帝并不存在。

卡洛·博罗梅奥把酷刑折磨变成了践行基督教的唯一方式，以此将文艺复兴彻底扼杀。他去世后，立刻被封为圣人。相比于博罗梅奥，逝于 1565 年的巴斯克·德·基罗加凭一己之力拯救了整个世界，但他的圣徒地位直至今日尚未被承认。我自己都不知道我这本书到底关于什么。但我心中清楚的是，在写这本书的时候，我为坏人总能得逞而感到愤怒。也许世上的书皆如此：为什么写书？因为在每一场网球赛中，坏人次次占先，次次令我们忍无可忍。

第三盘第二局

西班牙人将赌球赢得的钱收集起来。这已经是第二次了。而罗马人则冲着画家吹口哨，待他回到场地继续比赛。“把他往死里打！速战速决！”圣马太说，“然后喝酒去！我们都渴了。”

前一天夜里，当大熊客栈中的那两张酒桌并到一起时，诗人试图和那位长着一嘴令人敬畏的大胡子的男人攀谈。这男人的社会阶层看上去和诗人差不多，但两人的交流并不顺畅。其中一部分原因是这位聊天对象明显性格羞涩。而另一个原因在于，这桌意大利人被他们的领头人牢牢地掌控着，不允许任何人走神儿或是岔开话题：领头人决定谁被取笑，谁有酒喝。倒不是说他是个心胸狭窄的暴君，只是因为这桌酒钱都是他掏的。换作别的场合，任何刚并到这桌的西班牙人都会对这种行事方式感到不适。但是今天这回，酒精下了肚上了脑；只要能够再喝上一杯，他们早就把不适什么的抛在脑后了。

诗人大喊“接球！”他把网球抛向空中，带着刚刚找回的自尊将球奋力击出。画家人在球场，心却没有像上一局比赛般决绝而专注。但他精力足够充沛，能让他继续和对手在球场上激烈对阵好几个来回，逼着西班牙人做出冒险的举动。两人保持的完美回合被伦巴第人打破：在某一个瞬间，他觉得自己看透了网球一来一回的玄妙；然后他顶着危险毫不留情地瞄准看台将球击出。他没打中，让西班牙人站在那里等着球弹回来。意大利人有足够多的时间跑回自己的位置，等待时机，击球，过网。还没等西班牙人去奋力接球，教授便喊出“零比十五”的比分。

诗人面前这个年轻人的行头不合时宜（深夜里，酒馆中），穿着像个教授。而且诗人还发现他一口酒都没喝：自从他们跑来这桌之后，他的酒杯一直是满满的。虽然他表面看上去心不在焉、沉默寡言，但是他时不时会和那位对什么话题都要品头论足一番的酒桌领头交流眼神。此刻，诗人选择尝试一项更为艰难的任务：和领头搭话。这并不容易，尤其是当这位领头正忙着和随从们说些不上台面的粗俗话。

在西班牙人第二次发球后，伦巴第人决定，比赛不仅仅是为了娱乐众人有趣而已。画家绝妙地拦截住一记回球，他咧嘴大笑并蔑视地举起球拍，等着网球反弹然后落地。目睹了这一切的诗人顿时感到心灰意冷，甚至都没有费力气去追网球。想起来上一盘奋力争抢最后一个比分时，那些乞丐和妓女们发出一阵刺耳的笑声，诗人感到懊恼泄气。画家用左手抓住自己的睾丸，向诗人送去一记飞吻。

前一天夜里，诗人已经喝了三杯令人提不起兴致的格拉帕酒。教授和领头的都不愿与他说话，他做出起身离开状。就在此时，一只如钢铁般沉重的手按住了他的大腿：醉鬼们的领头带着天真无邪的微笑看着他。他吹开眼前的一缕头发，然后用意大利语说："对不起，但是必须有个人管管这些野蛮人了，要不然他们会把这个地方造个底朝天。"诗人伸出手，画家牢牢捏住，力道充满阳刚之气。"他们都是我的哥们儿，"他说，"一群烂人，个个都是。但是你找不到比他们更好的朋友了。你们来罗马做什么？""没什么正经事，"诗人用他那学术范的意大利语回答道，"参观圣地，让家里的麻烦缓一缓。""啊！"领头喊出这一声时，眼里放出邪恶而令人无法抗拒的光芒，"你们就是那群逃难的，因为犯了罪而惹到费利佩国王。""差不多吧。"

边廊里发出一阵火山喷发般的喧哗声。看到画家又抓下体又送飞吻，公爵手下的雇佣兵被激怒了，纷纷拔剑。若不是因为主人冲他们做了个站住的手势，他们可能已经冲到球场里，就此了结画家的职业生涯。站在一旁的意大利人也从腰间掏出匕首，站到数学家身后。而数学家则双臂展开把他们拦住，目不转睛地瞪着公爵。西班牙人并没有向意大利人冲过去，但是手中还是握着剑。诗人把球拍扔在地上。而与此同时，画家想弄清楚诗人此举仅仅是因为被这火爆场景吓呆了，还是为了把右手腾出来然后去边廊取剑。他计算了一下，认为自己在拿到武器之前手中这把网球拍子还是可以应付诗人一阵的。教授并不敢捡起画家的武器，只是用靴子尖把它向前推。这一瞬间，罗马城的天空，没有一只鸟儿飞过。

若是在其他场合，诗人会向意大利人的领头解释，逃避西班牙法律制裁的逃犯们并不意味着站在法国国王那边。但是这一夜，他的舌头已经被格拉帕酒烧得麻木，别提用意大利语解释，就连正常的理性思维都已经完全不灵了。另外，在这个将他的酒杯灌满但仍然抓住他大腿不撒手的男人身上，有种令诗人着迷的东西。这男人的姿态，与其说礼貌，不如说慷慨：因为他粗鲁得像块砖头。

公爵喊出“零比三十”的比分后回到自己的座位上。诗人把公爵的这个举动解读为比赛还要继续。他捡起地上的球拍。边廊中一片死寂，里面的人们剑拔弩张。诗人在众目睽睽之下取回网球，然后回到底线。

“接球！”诗人大喊。但他并没有立刻将球抛向空中，而是等着画家回到自己的位置，然后发球。网球在两人的球拍间来来回回，直到站在边廊里的人们收回剑和匕首，观众也纷纷坐回座位。虽然没有打起来，但诗人觉得西班牙人这一方赢了，因为公爵安抚手下的方式令他们占据了道德制高点。诗人见众人的注意力又回到比赛，便放肆地击中对方的一记高球，并用力将网球扣在底线的边角。这一球打得完美，连画家都点头称赞。“十五比三十。”

教授喊道。他语气礼貌，和公爵爱好和平的精神相得益彰。

当达到某种状态时，诗人已经无法弄清前一晚发生了什么。但好在他还年轻，所以也不会忘得一干二净。酒精引起的失忆症是一种福分，越老越糊涂。诗人很可能和领头进行了一段傻兮兮的交谈，两个人都聊得开心。但是关于他们到底聊了什么，他确实一点都记不得了。只记得他们大笑，时不时地抓住对方的肩膀，向对方解释一些关键问题。俩人头顶头，抹抹因狂笑而崩出的眼泪。

“这场比赛，你掌控定了。”当诗人取回网球并准备再次发球时，公爵对他说。当他看到他的司线员命令巴拉尔起身去下赌注、让一切重归原态时，他在底线后站好，并将网球拿在手中旋转。诗人放低球拍，擦了擦额头。新的一轮赌注开始了。“接球！”这一回合，画家打得颇是火热认真，但还是输了。“三十比三十。平局！”公爵大喊。

西班牙诗人若是在清醒的时候，是个伶牙俐齿的聪明人；但一旦醉酒，从他嘴里冒出的尖酸刻薄话就变得愈发夸张起来。他模仿别人说话，做鬼脸，残忍到令人无法想象的笑话里带着刺。意大利领头不像诗人那般能说会道：他的表情几近严肃；但他咒骂所有看不惯的事情时的那副样子（几乎所有事情都令他看不惯），令人感到某种意外的魅力。他双手甩到空中，脑袋后仰，手轻拂胡子，带着罗马城大人物般的傲慢。虽然他的双唇线条硬朗，声音却带着某种催眠的特质。

人们下的赌注越来越多了。诗人发球迅猛，并将画家截击回来的网球打出，这一击极为有力，球网几乎断裂。当球弹起时，画家回天乏术。“本局结束！”教授喊道。

诗人只记得他们大笑到肚子疼，记得他把胳膊搭在这位新结识的朋友的肩膀上，记得酒桌上的意大利人和西班牙人试图一起高声歌唱。但那些个歌曲，他们其实最好各唱各的。他还记得，他像个小孩子般专心致志地听着伦巴第人在他耳边低声将故事娓娓道来。伦巴第人的呼吸热如烈火，胡子在诗人的脸颊上蹭来蹭去，格拉帕酒源源不断。

诗人突然感到内急，便起身了。语无伦次的他拍拍意大利领队的后背，意思是他去去便回。领头的转过身看着他说：“快去快回。”诗人弯下腰，亲吻了意大利人的头顶，这是共度美好夜晚的两个醉汉之间的兄弟之吻。伦巴第人油腻腻的头发散发出的味道将诗人引入另一个时空：在这个世界里，他不再惧怕费利佩国王的法警对他们的追捕；这个世界属于那些冒着一切艰险，凶狠地龇牙等待死亡的人们；在这个世界里，任何事物都成双成对。

在球场上，画家似乎心思全在如何打球上，但是诗人也时刻保持清醒，应对决绝。伦巴第人失手打出一记低球，将胜利拱手相让。“西班牙人赢得此局！”公爵喊道，话中带着敬意。

“等等，”意大利领头说，“我也要去尿尿。”

反宗教改革

1530 年，也就是巴斯克·德·基罗加到达新西班牙的那一年，特诺奇提特兰城已进入和平时期。这座城市的官方语言仍是纳瓦特语，任何人都不会停下来思考西班牙人对这座城市的占领到底是短期还是长期：他们是否会和之前的部落一样，直到被下一个部落推翻前，他们会一直统治下去。

广袤无边的美洲大地上的其他地方还未出现任何苗头，没有任何预示翻天覆地变化的迹象：十几个拥有数千年历史、在封闭的环境下繁荣发展、未遭受过任何来自外界的污染并缺乏防御措施的古老文明，将会在接下来的两百年里遭到无情践踏。这并不重要：什么事情都不重要。物种将灭绝，孩子们将流离失所，朋友们将带来难以沟通的女朋友们，文化将消失，语言将在人们口中彻底沉寂。而那些幸存下来的人们会告诫自己这么一句话，"适者生存"。

16 世纪 20 年代，特诺奇卡人的首都特诺奇提特兰城成为三角形区域的一个顶点：它的两只胳膊一个伸向墨西哥湾，一个向东到达西班牙。这个海外新三角处于神圣罗马帝国三角形势力影响范围之外。而新大陆的征服者们在团团围住他们的当地人眼中，一定被看作是掌控着先进死亡技术的部落。并且，和之前墨西哥御都的占领者们比起来，他们并不那么嗜血。这倒不是因为这群初来乍到者是为了提高当地人生活质量而来，他们更不是什么人文主义者，但至少这些人不会用活人向疯狂而华丽的众神献祭——神灵们喜爱宏大而血腥的场面。这群欧洲人口中的祭祀更为直接实际，他们的神名叫“金钱”：但从数据上来说，四名泰兹卡特里波卡[①]合力都不如这位财神造成的伤害致命。但是，“金钱”所造成的伤害更为缓慢。

巴斯克·德·基罗加原本是位出身高贵的律师。他在阿尔及利亚当过法官，并主修了卡洛斯一世宫廷所谓的“东方学”。凭借这段经历，他和另外一群没有许多游历经验的法官们（在中世纪的西班牙被称为“Oidores”）被派到新西班牙做管理层，并为这里带来秩序，纠正其见利忘义、鸡鸣狗盗、不服管教、杀人越货的丑陋面貌。

最初，基罗加并没有立刻对位于墨西哥城西部美楚肯，由布雷佩查文明主导的那片领土产生兴趣。那片土地刚刚被西班牙皇

① 阿兹特克神话中最重要的四名造物神，统辖阿兹特克传说中的第一太阳，并创造了纳瓦特文化中宇宙进化论中的平行和垂直空间。

室占有。但他一定听闻了众多关于布雷佩查文明毁灭的传说：布雷佩查是史上唯一一个抵御住了阿兹特克强攻的帝国。

在新西班牙的第一年，基罗加仅仅是一名博学多才且谨慎小心的法官。他的工作能力令人赞叹，他对于城中不断败落的土著文化的好奇心令人瞩目，但他对搞政治却丝毫不感兴趣。他对和法官们一起统治管理新西班牙的地主阶级心生失望，继而和当地教士们结下友谊。他经常拜访主教胡安·德·苏马拉加神父。某一天，两人谈起如何在语言不通的情况下治理这片疆土。而很可能在同一天，苏马拉加主教借给基罗加一本由英国人撰写的书，《乌托邦》。

可笑的是，正是胡安·德·苏马拉加这位热衷于折磨并烧死印第安人的主教，在法官基罗加心中种下这么一个想法：能够理性地进行自我管理的土著人有能力将这片名为新西班牙的嗜血土地变成多产而平等的天堂。我们可以毫不夸张地说，苏马拉加是个战犯、吸血野兽、癫狂的毒贩头子。对于处决美洲当地的异教徒，他有着近乎疯狂的热忱。此人如此臭名昭著，以至于卡洛斯一世签署了一项新法令，以遏止其暴行：法令规定，因为印第安人刚刚皈依天主教，所以不可能是异教徒；并严令禁止将印第安人送上宗教裁判所的审判台。

如果说卡洛·博罗梅奥是反宗教改革思想的化身，那么胡安·德·苏马拉加神父则是博罗梅奥远在世界另一端最为得力的走狗。两人均由教皇庇护四世封为主教（这很可能是个不负责任的决定）。而庇护四世这个文艺复兴时期最后一名贪图享乐的教皇，将一个世界推入火海，并让另一个世界破土而出。

墨西哥历史上第一位大主教是一名四肢修长的比斯开省本地人。我认为，是时候为这群反宗教改革的乖戾支持者总结一下他们共有的特征：他们无一例外都骨瘦如柴，长相平庸；工作起来过分狂热，虽然没有人命令他们如此行事；他们十分严肃地面对各种方案，但是只顾表面工作。虽然卡洛斯一世被一群应声虫围在身边，但苏马拉加可能是唯一一位无论如何也不会被他收买说服的西班牙人。

墨西哥第一位主教胡利安·加尔塞斯神父在七十五岁时退休了。加尔塞斯被任命为主教时，西班牙人的统治刚刚开始，他一手建立了特拉斯卡拉教区。特诺奇提特兰城不是加尔塞斯建立教区的首选，原因在于彼时的都城仍被浓重的死亡气息所笼罩。他退位后，苏马拉加被提名为继任。西班牙国王强行把他拉上主教的圣位，在他脑袋上扣了一顶法冠，把他一把推到美洲大陆，并赐予他一个新名号——“印第安人的守护者”。他的确是印第安人的守护者，只要他们不要胡搞些异端邪说。

虽然苏马拉加是个没有任何政治经验的乡下人，但他的直觉极为敏锐。他前脚刚踏上新西班牙的土地，后脚便意识到大主教管区必须从特拉斯卡拉搬到特诺奇提特兰城（当时新王国还未定都)。他决定把管区设在墨西哥城的圣弗朗西斯科修道院，也就是今天拉丁美洲塔所在地。

在修道院里，苏马拉加搬进了一位普通神父的房间。墨西哥教堂现在还保持着当年的结构，苏马拉加在这里用瘦骨嶙峋的右手签署了一张又一张死刑判决书。然后他突然意识到，如果想让天主教信仰在这片土地延续，那么教堂墙壁上圣人和圣母的脸庞必须被涂成棕色，墨西哥人祭神场所也应该被推翻并由天主教教堂所取代。

胡安神父渴求的不仅仅是烈火。正是他给西班牙国王写信控诉了墨西哥皇家第一刑事法庭对印第安人所施加的暴行，也正是他把信藏在蜡块中，再藏到油桶中偷偷寄给国王。凭借这个睿智而勇敢的举动，他遵守了“保护”印第安人的诺言，或者至少保护了那些他认为不应该遭受火刑的印第安人。

他将所有搜来的土著古抄本都焚烧掉这件事情是真的。因为在他眼里，这些古抄本都是“恶魔的玩意儿”。他狂热的魔爪甚至伸向了印第安传统医学和草药技术：抓到多少术士，便杀死多少术士；所有的学徒也被禁止继续学医和行医。墨西哥中部几千年积攒的医学知识生生被毁在一代人手中——毫无疑问，苏马拉加主教就是罪魁祸首。但在另一方面，渴望成为智者的苏马拉加，对智者们撰写的著作有着极大的热忱。当他从圣弗朗西斯科修道院搬到新建的大主教管区所在地时（它的一砖一瓦都来自原特诺奇提特兰城的大神庙），他筹集到了资金，保证他那间简陋的工作室和住所里堆满了从西班牙运来的各种书籍：他建立了美洲大陆上第一座图书馆。不仅如此，苏马拉加主教还亲自规划并指点了墨西哥天主教大学的建立过程。而且他还是购买并在教区搭建美洲第一台印刷机的人。

上述所有事件都紧随在苏马拉加主教赢得胜利、律师巴斯克·德·基罗加出乎意料地成为米却肯州主教之后。在这之前，当基罗加和苏马拉加在圣弗朗西斯科修道院的主教教区办公室见面时，这两个人（一个满腹经纶，一个沽名钓誉）因国王看似不能实现的命令而感到不知所措。国王要求以欧洲为模板，将死气沉沉的墨西哥变得生机勃勃并为其所用。在商讨此事的一次会议中，苏马拉加将托马斯·莫尔的这本书送给基罗加。这本书足以证明两人的往来：因为书上写有苏马拉加和基罗加两人的笔记，今天人们可以在得克萨斯大学奥斯汀分校图书馆的古籍善本室借阅此书。

《拉丁语常规》

“在巴黎，打网球的规则和我们这里一样吗？”

“有一些不同，比赛管理员负责给选手们分发鞋和帽子。”

“什么样的鞋子？”

“用毛毡做的鞋子。”

“那在这里打球穿不了。”

“当然了。在咱们这里，比赛是在石头铺成的大街上举行的。在法国和佛兰德斯，他们在铺着地砖的场地比赛，地面很平整。”

“他们用的球又是什么样子的？”

“我们使用空芯球，但他们不一样。他们的球与我们所熟悉的球相比，体积更小，质地更硬，材料是白色皮革。里面填充了狗毛，而不是死人的头发：正因为如此，选手们几乎从不用手掌击球。”

“那他们用什么来击球呢？和我们一样用拳头吗？”

“不，他们用球拍。”

“带着网的球拍吗？”

“他们球网材质更为厚实，像比维拉琴的琴弦。另外，他们会在球场中央支起一面球网：如果选手将球从网下打过，会被判为丢球或失误。”

胡安·路易斯·比维斯[①]

1539 年

① 胡安·路易斯·比维斯（Juan Luis Vives, 1493—1540），西班牙学者、哲学家及文艺复兴时期的人文主义者，著有《拉丁语常规》（*Linguae latinae exercitatio*）。

第三盘第三局

醉汉和小孩子们在小解时所表现出的颇为夸张的紧迫感十分相似：一旦内急，他们必须马上解决，极为迫切认真。他们以一种挥霍而喧闹的方式打开闸门，喷涌而出的尿液泡沫丰富，令他们心满意足。

“十五比零。”

尿液释放的那一瞬间，诗人头骨底端感到一阵欢愉的刺痛。他低下嗡嗡作响的脑袋，因为大脑中仅存的那一丝光亮提醒他不要尿到靴子上。然后他扬起脸来，像雄狮般高声呻吟 舒服极了，身体动弹不得。尿柱稳定之后，他才敢将注意力转向意大利领头那黑色的身影：这位朋友正和他一起在大熊巷神圣庄严的鹅卵石路上小解。

诗人将裤子提上，感觉似乎经历了好几个小时。他靠在墙边，等着他的同伴完事。这时候，他才发现刺骨的寒风正如毒药般侵袭着他的身体。他深呼吸，为了站稳而半蹲下来。为了让眼前的世界不再旋转，他自认为小心翼翼地依在客栈窗边。

小解完毕，领头在诗人身边懒洋洋地坐下。虽然近在眼前，但错觉中意大利人变得很远，因为他的大脑已经变成了一团糨糊，对方的轮廓也模糊起来。虽然两个人喝酒的节奏相当，但他这位新朋友看上去却毫不受影响。他似乎还在滔滔不绝，但诗人一个字都没听懂。

诗人故作诚恳，试图弄清楚意大利人说话的内容。他发现这位领头在谈论夜晚和河水。诗人想站直身体，但是失败了：他突然失去了平衡，然后将同伴的肩膀一把揽住。领头继续在他耳边低声细语。这时诗人才明白他刚才一直在叫他一起去河边走走，因为河水会帮助他们赶走醉意。

那些被酒精征服并在酒醒时屈服的人们，在他们孤身一人时会经历一种别样的折磨：疼痛，反胃。每每想到这剧烈的不适感可能永恒不变时，他们还会感到恐惧。诗人想，到了河边，他或许能够在不打搅周围邻居的情况下把胃里的东西呕出来。意大利人用他那温暖的手扶着诗人的侧身，这种感觉就像是，当世界上所有欢愉都失去了可能时，眼前出现最后一丝希冀。诗人从窗户旁起身，胳膊搭在领头的肩膀上。意大利人保持着风度，一边继续在诗人耳边自说自话，一边搀扶着他缓缓走出这条狭窄的街道。诗人在意大利人肩膀上淌着口水。这副肩膀并没有治愈的功能，但给他一种说不清的感觉：虽然对付酒醉并没有那么有效，但让他感到更加舒心和放松。

“十五比十五。”

湍急的河水并没有想象中那般安抚人心，软而湿的潮气反而让他感到更加不适。他靠在石栏旁，整个城市在双眼的黑洞中旋转。他努力深呼吸。见情况并没有好转，他将食指抠进喉咙。他弯下腰来，整个身体开始抽搐。

起初他只是胸部疼痛。接着胸腔里一阵战栗，剧烈的咳嗽让他感到睾丸都快被晃松了。他蹲下来，未经消化的格拉帕酒带着龙卷风般的巨大力量在肚子里翻江倒海。他不停呕吐，身子直起来一些以便吐到河沟的防护墙外。

他用袖子擦擦嘴巴，用手绢擤擤鼻子，鼻涕已经快流成河了。他揉揉脖子，一屁股坐到地上，并靠着石栏休息。他笑笑：虽然死神的利齿已经不再刮他的头皮，但是他还是醉得不行。折腾了这么半天，这时他才用目光四处搜寻领头在哪里。意大利人似乎把他带到河边后就消失了。然后，诗人睡着了。

“三十比十五。”

他被人抓着肩膀晃醒了。是领头。他面带着同伙般的笑容，目不转睛地看着他。“你还好吗？”意大利人温柔地问。他用手指抬起诗人的下巴，然后轻轻拍了拍他的脸，拽了拽他的耳朵。诗人这下有精神头了，他看见身边这个男人端给他一个大酒杯。“我再喝一滴就要死啦。”他说。“这是水，”领头说，“新打来的水。我从泉里打来的。”这一幕让诗人觉得好笑，他拿过水漱洗净口中污物的酸臭味，然后站在石栏旁大口将漱口水吐向河里。最后，他在脸和脖子上拍了点水。意大利人从包中取出一个薄荷枝。“你嚼嚼这个。”他说。诗人听话照做，带着起死回生之人所表现出的顺从。虽然薄荷叶子刺激了上下颚和舌头，味道并不好，但他能感觉到薄荷汁进入他的身体并让阻塞的通道变得畅通起来。

他鼓足勇气，终于再一次站了起来。“他们在大熊客栈等着我呢。”他口齿不清地和领头说。结果刚走了两步就滑倒了，像一头被宰了的死牛一样砸在地上。他的头脑还未清醒过来，手也没来得及撑住身体和保护脑袋。他试图从地上再次站起来时，他看见意大利人笑弯了腰。意大利人前一秒还面露同情，后一秒就笑得满脸通红，这让诗人觉得逗极了。领头走过来，抓住诗人的手，然后两个人不知怎地一起滚到泥巴里。两个人都挣扎着努力站起来，但是每每其中一个人得逞，另一人就会用力拖那人的后腿。最后，两人自认失败，一起躺在地上，仰面朝天。

“街道上的泥巴太多了，”领头说，“我们可不能这副样子回客栈。”两人爬到石栏那里。“这里有台阶，”伦巴第人说，指向墙边通往河水的梯子，“来，咱们坐下。”两人踉踉跄跄地走到自认为平整的一片地方。

“三十比三十！”

他们肩并肩坐在一起，膝盖随着因大笑而晃动的身体相互碰撞。两个人不论讲什么都会放声大笑。领头向后仰，将胳膊肘撑在上一级台阶上。他摇摇头，从披风下掏出一个酒囊。“西班牙酒。”他对诗人说。“你居然还要喝。”意大利人挑衅地看了对方一眼，拔下酒囊的瓶塞，哼起一首傻气的小曲儿。他举起酒囊，张开嘴，流出的酒弄湿了他的胡子。“给我来一口。’西班牙人说，他的忘性给他壮了胆。意大利人向嘴里又倒了一大口，大张的嘴巴满满的，像是个游泳池，然后指向诗人让他接着喝。诗人笑了笑，温柔地用舌头舔了一口酒。

“三十比四十。破发点！”公爵喊道。

他的手伸进伦巴第人的头发，嘴压住他的嘴唇。领头的回应强而有力：他抓住了诗人的后脑勺。诗人顿时感觉自己回到了某个阔别已久的地方，在这里曾经有人为他指引方向。他跟着这位引路人，似乎在伦巴第人的舌头上找到了自己缺失的东西——他头发所散发出的麝香味道，他拥抱里带着的激情。伦巴第人换了姿势，将诗人重重地压在身下。西班牙人屈服了，而这屈服却令他得到了意外的快感，就好像这屈服变为了美德并在比瞬间获取了某种存在的意义。他感到伦巴第人逐渐勃起。他的好奇心占据了上风，心中急切地想要抚摸那个狂野而鲜活的肉体，那个同时让他感到威胁和挑逗的肉体。他很好奇，他期待游到彼岸：在那里，正在发生的一切都化为愉悦的折磨。他触碰了伦巴第人的阳具。领头的双唇从诗人的嘴上移开，开始用舌头热吻诗人的脖颈和耳朵。诗人已忍不住好奇心：他必须知道，他唯一希望做到的就是知道。他的手滑到伦巴第人腰带之下，伸入他的短裤中，感受着阳具在手中的温度。他捏着它，把玩着它，它油腻的质感令他疑惑。他的手向下摸去，摸向意大利人的睾丸，那个散发着令人快乐的热度的源泉。突然，他听见从石栏处传来一声怒吼。毫无疑问，这声音是公爵的："你们俩他妈的在搞什么？！"

"米兰人赢得此局！"

《乌托邦》

对托马斯·莫尔这本原名为“关于最完美的国家制度及乌托邦新岛”的著作，巴斯克·德·基罗加表现出极大的狂热，并进入到了一种无人能及的痴醉状态。虽然这位律师踏上新西班牙这片动乱之地刚刚不到两年，但是他已经开始在墨西哥城外着手建造印第安人的圣塔菲诊疗小镇了。基罗加为此项目起草的条例（或是被保留下来的、所剩无几的部分条例），毋庸置疑地成为了墨西哥繁荣长久的剽窃史上被众剽窃者推崇的范本。

《乌托邦》披着幻想类小说的外衣，实际上是在谈论政治。它假想了一个将宪法的贪婪之恶摒弃后的社会，以讽刺的语气反思了亨利八世统治之下的英格兰所遭受的疾苦。可以说《乌托邦》是一部政治卡通，描绘了一个叫作“乌有之乡”的地方（克维多将它翻译为“查无此地”，成为当时的西语翻译范本）；“乌有之乡”被阿尼多斯河（“Anydrus”在拉丁语中意为“没有水的”）滋养；统治者名为阿丹麦，意为“没有子民之王”。乌托邦只是一部习作，一个带有文艺复兴时期人文主义气息的游戏，永远都不会有人试图将规划付诸实践。但是，巴斯克·德·基罗加从书中得到了些不一样的启发。

虽然新西班牙和新加利西亚这两个地方有自己的名字和土地，但有名无实，荒无人烟。这背后的原因在于，埃尔南·科尔特斯和努尼奥·德·古兹曼只懂得如何将一切事物大卸八块，对如何将七零八落的新世界组装起来一无所知。这两人生来就不是治国之人，他们来墨西哥的目的是成为百万富翁。那一代征服军中几乎所有人都做起了买卖。剩下的人当中，一部分最优秀的征服者开始建造教堂。苏马拉加则筑起了火堆，并建立了一所图书馆。而在巴斯克·德·基罗加眼里，在彼时的美洲大陆构筑一个乌托邦则是顺理成章之事。

在老人和病人之家的诊疗小镇圣塔菲，领袖巴斯克·德·基罗加神父颁布法令，禁止现金在小镇流通。在现实所允许达到的最大限度内，小镇遵从了伦敦人文主义者笔下如何管理乌托邦的“非指南性指南”：以医院和教堂为原点，小镇的土地被横轴和竖轴分为四大区域；四个区域中的多重家庭合居房屋各属于四大部落；四大部落由长老会监管，每个部落都有各自推举出的代表；所有代表必须向医院院长汇报，而院长这个职位是小镇中唯一一个被西班牙人占据的职位。圣塔菲由从事不同行业的工匠家庭构建，目的在于自给自足：制陶工人、木匠、羽毛织工集中在一个区域；瓦匠、管道工和可可豆商人在第二个区域；等等。所有的工匠家庭内部都遵循了同室师傅加学徒的组织结构。村民们将一部分时间用于发展自己的专长，在剩余的时间里一起在村子的公社土地上耕地收割。在当地的需求得到保证的情况下，若是公社土地的作物或是工坊的产品有所剩余，那么将会被集中到教区长所住的地方，然后送至首都的市场上售卖。

巴斯克·德·基罗加一定认为自己是经济学天才，托马斯·莫尔则是愿景家，因为圣塔菲成功地变成了耀眼的新兴乡镇和首都的供给中心。除了输出常用物品（工具、乐器和建筑用钢筋）和奢侈品（彩饰圣像以及用纳瓦特羽毛织工祖传手艺制作的羽毛装饰品），还有基本的农业作物：玉米、番瓜、豆子、蜂蜜、鲜花。当然基罗加从未想到，圣塔菲模式之所以成功，是因为莫尔构筑和他力图展示的那个社会其实和印第安人之前的生产系统颇为相似：在西班牙人到达新大陆之前，印第安人已经在墨西哥谷一带推行；西班牙人到来之后，当地人也曾经多次试图重新启动上述生产规划；可惜在苏马拉加主教眼中，这是可以被判火刑的罪过。

在 1536 年，除了不停地焚烧土著书籍（若流传至今便会价值连城）和印刷拉丁文条约（保留完好却无人问津）之外，苏马拉加主教还做了一件事，他在西班牙皇室中打点关系，目的在于让梵蒂冈承认墨西哥为新独立领土；如果成功，他就可以从主教升为新西班牙大主教。他搞的小动作成功了，因为国王对他从来不会说不。另外，在1537年，他的谈话伙伴和律师朋友巴斯克·德·基罗加也被任命为神父，并成为美楚肯州的第一任主教。一切都发生得仓促。

在布雷佩查文明的旧都辛祖坦，基罗加建立了第二个印第安诊疗小镇。次年，他在帕茨夸罗河畔建立了一个完整的印第安人乌托邦共和国：共和国的每一个小镇都各有专攻，种植常用作物；土地则为公有。

假设存在“温布尔登已逝人文主义者大赛”这样的赛事，巴斯克·德·基罗加一定会闯入决赛，并且在对阵鹿特丹的伊拉斯谟之后大获全胜。他按照自己构想的细枝末节建立了一个新的世界，在这一点上，从未有人像基罗加般如鱼得水。就算还存在别的人，那个人也不会像基罗加做得这么好。此后三百年里，帕茨夸罗河畔的乌托邦社区成为了新西班牙的果园。印第安人在五百年前创建了社区，他们的后裔们至今仍讲布雷佩查语，仍然在长老会的指点下进行部分的自治及管理（我在圣克拉拉和帕拉哥见过这样的社区）。他们生活的小镇夺人心魄般的可爱，躲在多多少少保存完好的生态系统的保护之下。“塔塔”巴斯克当年认为能使社区得以生存的产物，这些小镇至今仍在耕作和生产。我没有夸大其词。昨天在纽约，我在家附近街角的小卖部买到了两个棒极了的牛油果：产自美楚肯州的果园，由基罗加印第安人的后裔亲手种植。从美楚肯到今天我们口中的“米却肯”：只是名字改了两个字，其他一切都没有改变。

教皇保罗三世命美楚肯州主教参加特伦托会议的邀请信抵达帕茨夸罗后，一名印第安人将信带到辛祖坦：基罗加当时正在那里忙于医院事务，并且试图解决当地布雷佩查纺织工们和墨西加织羽工匠们之间发生的纠纷。当印第安人将教皇的信送到时，“塔塔”巴斯克正在接待迭戈·德·阿尔瓦拉多·华尼辛。

亨利八世统治时期贫穷现象的原因

我想问问你，人们如此穷困潦倒，为何还能无耻挥霍？在饮食和穿着上，侍者、工匠甚至农民都追逐着过度的虚荣。妓院、伤风败俗的场所、干着罪恶勾当的酒馆和客栈遍地开花，你作何评价？还有那些吸金无数、毫无道德可言、令人们一贫如洗或是堕落为抢劫犯的各色消遣，你又作何评价？打牌、掷骰子、足球、扔铁环……还有最可怕的，那就是网球。这些像瘟疫般害人的东西应该全部被禁止。

托马斯·莫尔

《乌托邦》

1516 年

第三盘第四局

意大利人在心情最好的时刻掌控了整个赛场的走势。他比之前更强大、老练、机智，但更重要的是他的打法神出鬼没。虽然他很容易走神，过度的荣耀感令他止步不前。而且他比对手年长九岁。正因为如此，和诗人相比，宿醉带给他的痛苦更具毁灭性：宿醉的影响和宿醉者的年龄成正比；醉酒后的不适感并非呈线性增长，而是呈指数倍增。

前夜被公爵撞见后惊魂未定、士气动摇的西班牙人对于这场比赛十分投入。倒不是因为他想通过比赛显得成熟自信，而是希望在公爵眼中以此重新证明自己，拾回尊严。对于他来说胜利并不指赢球，也远不在球场，但为了接近胜利他不得不赢得比赛。对于获胜他信心十足，因为在第三局中伦巴第人费了很大力气都没有将他打败。他甚至开始有些飘飘然，从比赛开始以来都没有感到如此轻松。“要赌就赌点真家伙，行不行？”他一边尖声尖气地说，一边瞥向边廊，那里坐着他的保护人及其手下。

幸运的是，昨晚除了公爵外没有其他人撞到诗人和画家之间的这场好戏。当他听到公爵的怒吼时，他的手立刻从伦巴第人的裆部挣脱，一把将他推开，刺溜一下钻出他的怀抱。和西班牙人一样醉或许比他们醉得更厉害的领头一头雾水，直到看见眼前的这一幕才恍然大悟：诗人高高在上地站在他面前，拔出钢剑（不是肉“剑”）向他挑战。“公爵！我，我，”诗人喊着，像是被鬼魂附了体，“我，我被他抢了！”中了诗人圈套的领头举起双手，脸上露出一丝狼一般残忍而贪婪的笑容。他抬起头，用意大利语向那位贵族说：“先生，我唯一从他身上抢走的，是他的处子之身。他这种人喜欢被人从后面上，我倒是不介意赏给他脸。”诗人听罢挥剑冲上前。意大利人向下挪了两级台阶，瞬间跳起并掏出了匕首和剑，还是一脸微笑。公爵立刻明白了，他那位张牙舞爪的诗人朋友根本不是面前这个从困境中脱身仍能保持幽默和优雅的人的对手。诗人又虚晃一招，领头没有举起剑便将他击退。“不要闹了，”公爵说，“他可是军人，不是什么在沙龙里面耍剑的。”诗人并没有将指向意大利人的剑放低，问道：“那我的荣誉呢？”领头抬起头说：“呦，现在连鸡奸者都讲究起什么荣誉了。”西班牙人听后，气得又做出攻击的架势。这一击被意大利人避开了，诗人感到脚跟发颤。“放下剑！”贵族命令道。

“你们等着瞧吧，我会打他个粉身碎骨。”诗人盯着公爵说道。他手中转着球拍，试图让手腕放松。“我信你，”公爵回答道，“但你要保持专注。”

数学家这会儿不再端着傻气学者三缄其口的架子，并从椅子上站起身来。他提醒围观者们，从现在开始唯一的好戏就是比赛。他瞥了西班牙人的司线员一眼，问：“双方是否一致同意，未来任何赌注都以比赛最终结果为准？”对方那位贵族虽然没有听懂规则，但还是为数学家话里带的刺而感到不快。他回答道：“当然了。”接着，数学家扯着嗓子高声宣布最后一轮下注开始。

在将刚才赢得的一小捧赌金重新放回球线旁时，巴拉尔表现出轻微的犹豫。这堆钱里面有他主人给他的，有他自己赢来的，还有他并不那么情愿但还是掏出来的。感到自己被冒犯，诗人回头瞪着他说：“奥特罗，钱在袋子里呢。”“下个月的工钱也拿出来。”公爵冲他喊道。“什么工钱？”公爵掏出来更多的钱，交给他们。“要是咱们输了呢？”“我给你翻倍。”“两倍赌钱？”“两倍的工资，傻子。”巴拉尔将赌资集中，然后回到球线旁，在原来的赌金旁又放下一捧。此时圣马太也来了：两人打了个照面，对方冲他龇牙咧嘴。

在前一天夜里，当西班牙人终于放低手中的剑时，领头冲着他做出了同样的表情。他像一只猫，轻轻晃动着脑袋，凶神恶煞而又嘲讽般地龇着牙。诗人在台阶上向后退了几步，但他的剑还是指向对手。伦巴第人站在那里，一动不动。

当西班牙人退回到街道上时，大公也拔出剑，等着意大利人从河堤走上来。领头翻了个白眼：“你有必要保护自己吗？我们是基佬，你又不是。”他将自己的剑和匕首收好。“让开，”他说，“让我过去。”“简直就是诽谤。”诗人对他的保护人耳语道。领头经过两人身边时伸出手。眼见两人无视他的示好，他肆无忌惮地打了一个大嗝，然后停下来掏出酒壶。他打开壶盖时的笨拙模样告诉西班牙人，他现在还处于百分之百的酒醉状态。“就趁现在！”公爵说，然后两人向领头扑去，三个人在地上扭打起来。领头得以挣脱出来。当西班牙人再次追上他时，意大利人又掏出了匕首和剑，微笑着和他们对峙。“咱们来个了结？”领头说，“我宁可现在回家，也不愿意和法警一起度过剩下的夜晚。你们这两位绅士，可是西班牙国王通缉的要犯。”西班牙人听罢，将剑放下。公爵把剑收入鞘中。“我们不能就这么放过他啊！”诗人话里带着哭腔。“你这副鬼样子没法自卫，”公爵回答道，“你酒醉的时候根本不知道怎么和人打架。”此时的意大利人已经心不在焉了，在地上寻找他的酒壶。

当大家纷纷下了赌注后，罗马人那一侧球场原有的秩序突然乱了套：因为他们看到抹大拉的马利亚正性感地将瓶中酒灌进画家的嘴巴里呢。“如果他喝多了，你就可以一举将他打败，”公爵说，“保持住状态。”此时伦巴第人已经转过身来，他身边的小妞儿正在给他按摩肩膀。旁观者将最后一批赌注放下。“没有人把钱放到咱们这一边，你一点都不担心吗？”巴拉尔问。

诗人试图最后一次用剑夺回自己的尊严。结果他被意大利人推倒了，被剑顶住了喉咙。“你这位朋友真是记吃不记打。”他边说，边瞟了公爵一眼。然后他冲诗人说：“说实在的，你为什么不翻个身让我把剑插到你屁股里？”他抓了抓自己的下体。就在这时，他们听到数学家那如同僧侣走路般的小碎步。“你在搞什么鬼？”他喊道，“放开那个孩子。走，咱们回去。”意大利人再一次将剑收起来。“我可以回家睡觉去吗？”他问道，紧紧盯住诗人。“他是个杀手。”公爵插嘴，试图向他的朋友摆道理。画家向西班牙人表示敬意：“谢谢。”教授揽住他，扶他走了。“为什么所有事情都要如此收场？”教授说。然后，他冲着西班牙人说：“先生们，他喝多了，请你们原谅他。明天他可能什么都不记得了。”当两人转过身正要离开时，诗人咆哮道：“我要和他决斗！”话毕，四个人沉默不语。然后公爵说：“他妈的，操，完蛋了。”

“放马过来吧！”诗人费尽浑身的力气大声喊。画家的脑袋歪在抹大拉的马利亚的胸脯上，闭着眼睛，充满鄙视地将球向诗人丢去，甚至都懒得转身看对方一眼。诗人在空中稳稳地将球接住。“我赌你猜都猜不到手里那个球里面填的是谁的头发。”画家面带微笑地高声说道。西班牙人耸耸肩，满不在乎。他将球弹向地面，然后走到发球线后。“肩衣！”公爵说，“摸摸你那个肩衣。”诗人等画家到对面球场站好后，大喊“接球！”

数学家和领头纷纷转身，盯着诗人。“你个小兔崽子，你知道你刚才说的话是什么意思吗？”领头问，“我会宰了你，然后我会因此被砍头。”公爵的手捂住脑门，对诗人说：“兄弟，赶紧收回你前一秒说的话。求你了。”“你看，到底怎么着？”领头又问。“中午，纳沃纳广场，武器自备。”诗人回答。数学家和画家听后颇为怀疑地摇了摇头。而公爵已经急得抓耳挠腮了，鼓起嘴巴，大呼了一口气：“武器？什么武器？”没等他朋友回答，数学教授插嘴道：“球拍。武器就是球拍，决斗共分三盘，可以赌球。赢得两盘者获得胜利。”领头笑得身子乱颤，诗人气得不行。公爵见此，确认道：“好，纳沃纳广场，中午，比赛网球。”“我们怎么能确定你们是否会按时赴约呢？”诗人一脸气馁地发问。“全罗马的人都认识我，”意大利人说，“我叫卡拉瓦乔。”“在下弗朗西斯科·德·克维多。”西班牙人一边介绍自己，一边上下打量对方。“那这位是？”他接着问，鼻尖指指卡拉瓦乔身边的那位数学教授。“伽利略，我住在夫人宫。”最后轮到西班牙贵族自我介绍：“奥苏纳公爵佩德罗·泰勒斯·希龙。”

诗人发球时使出了吃奶的力气。网球击中了边廊廊顶，画家等着球弹向他的方向。他接住球，并打出一记令人汗毛竖起的大力发球。球直接入网。“伦巴第人赢得此局，”教授喊道，“双方平手！”

文明与文明的相遇

高原的夜晚，昆虫们演奏着美妙的小夜曲。在某个宁静时刻，埃尔南·科尔特斯对他手下的某位队长说：“这些野蛮人玩球时，赢者会掉脑袋。”他面前的这位士兵搔了搔头。“他们是恶魔的产物，”科尔特斯说，“会有人教教他们，输了的人才应该脑袋落地。”

国王的披风

纳瓦特贵族出身的堂迭戈·德·阿尔瓦拉多·华尼辛是位织羽大师。在圣何塞·德·洛斯·那图拉莱斯的店铺里（此地曾是莫克特苏马国王名下的珍贵羽毛禽类繁殖场），他遇见了巴斯克·德·基罗加。两人经佩德罗·德·甘德神父介绍认识。几年的血腥入侵后幸存下的几所被称为“托托卡里”的珍禽农场，正是由甘德神父负责管理。

基罗加律师和这位织羽大师一见如故：两人均出身贵族，年轻时都在皇室宫廷中任职；虽然两个古老浩大的文明已存在了不知道多少个世纪，但在这当中最迷茫的十二年中，两人均得以维持了在那个时代罕见的相对自由。

对于巴斯克·德·基罗加来说，回西班牙没有任何吸引力。对于依据理性原则构筑一个新社会这个点子，基罗加倒是极为兴奋。而对于这位印第安人来说，过去的家园已然不复存在。但经历了多年的黑暗、贫苦和恐惧之后，他得以寻找到一个相对安全舒适的安身之地。他的贵族头衔受人尊敬，他的工作令人敬仰：

他组织印第安人在店铺中制作的物件一旦完成，会立即被送往西班牙、德国、佛兰德斯以及米兰的公爵领地，用于点缀装饰宫殿和教堂。

堂迭戈·德·阿尔瓦拉多·华尼辛和其他墨西哥人不一样：他知道这意味着什么，因为他之前去过欧洲。他所隶属的高端艺术家小圈子曾在科尔特斯第一次回西班牙时受到了神圣罗马帝国皇帝的接见。他深知，虽然统治墨西哥的这群新来的领主们爱吃猪血肠，但是他们也同样有能力做出和那些野蛮的生活方式大相径庭的事情，比如建造宫殿、画油画、烹饪各种动物，等等。而最让他印象深刻的，是他们的制鞋工艺。

虽然没有像牲口那样被轰着走，但他被迫登上那艘驶向欧洲的船，美洲大陆也在他眼中一点点消失。自上船起，华尼辛便已经意识到，为了在新的环境中生存下去，他必须学会西班牙语。当船经停古巴和加那利群岛并最终抵达塞维利亚时，他已经试着用征服者的语言说一些礼貌用语。他还学会用西班牙语解释说，他和他儿子因能够为国王殿下用白色的羽毛缝制一件厚重的披风而感到开心：因为水手们告诉他，西班牙这个国家出了名的寒冷。

科尔特斯也希望织羽大师和他儿子能在宫廷中做个小规模的工艺展示。他在柯约肯家中的床上也有一件由华尼辛制作的精美绝伦的羽毛披风，上面的图案描述了水如何在泉中诞生，又如何化为雨而消逝。因此，科尔特斯立刻将华尼辛纳入自己的随行队伍，且身份非常。这位织羽大师不仅会说西班牙语（虽然水平很糟，但是别人能大致听懂），他还是随行人员中唯一一个对新环境的种种表示出强烈兴趣的人。

刚到托莱多[①]，征服者就差人在宫殿马厩旁搭建了一个工坊，成功交涉并为华尼辛获取了自由出入厨房的优遇。在这里，鸡鸭鹅等禽类食材的准备为华尼辛提供了充足的羽毛来源，用于制作国王的披风。这位织羽大师逐渐开始明白，虽然这位西班牙国王住在一个黑暗、乏味而冰冷的城市，但他不知比阿兹特克国王强大多少倍：这就是前者能击败后者的原因。

科尔特斯将华尼辛安置在新的工坊中，供给他缎子、胶水、颜料、画笔、工具，并确保了御厨们的辅助。一切就绪后，科尔特斯问华尼辛向国王献礼还需要些什么。“鞋子。”华尼辛回答道。“什么样式的鞋子？”征服者问他。他心想华尼辛一定感到冷了，希望要羊毛料子的拖鞋。“和你的一样。”华尼辛说。身为阿兹特克贵族兼织羽大师的他，认为面前这位来自乡绅阶层的士兵的社会地位并没有他高。“带着‘洋葱’的那种。”“什么？带‘洋葱’的？”科尔特斯问。印第安人指指队长鞋面，上面装饰有金色的搭扣并且镶嵌着珠母贝。“搭扣，不是‘洋葱’。”征服者纠正道。“带着搭扣的鞋子。对。”

---

① 西班牙古城。

当然了，科尔特斯并没有给华尼辛买银线缝制的款式相同的鞋子：这种鞋子昂贵得吓人，而且脚趾头在里面也挤得很，像是被迫拼命钻进两个熨斗板之间的缝隙。但是他的确为他购置了一双质量很好、鞋面上配有锡制搭扣的高跟靴子。此外，他还给他买了一副长筒袜，几件白衬衣。外加一条原本为某个贵族家的孩子量身定做的黑马裤，现在被织羽大师穿在身上合身极了，像是在做美梦。

印第安人很顺理成章地接受了几件衣物。他并没有表示出很大兴趣，也没有道谢。征服者起身要去处理公事之前，他提出了最后一个请求："你可以给我找些蘑菇来吗？""蘑菇？""我赶制国王的帘子时，要看到美滋滋的东西。""那不叫'帘子'，是皇家披风。""我以为'披'的意思是被割去'瘤子'的鸟。""'睾丸'。""我不要睾丸，我要蘑菇。""要是他们发现你吃蘑菇上瘾，他们会把咱们两个人都烧死的。""我不会成瘾 蘑菇又不是'油'。""西班牙没有这东西。""那好吧，那国王的'披风'不会美滋滋了。"

华尼辛喜欢他的新衣服。但是作为被邀请到皇宫的织羽大师，他认为这些衣服并不符合他的身份。正因为如此，他把第一批西班牙鹅毛绣到一件用于出席特殊场合的衬衣上。他缝制了菠萝图案：因为在他的想象里，菠萝和卡洛斯一世黄袍上的佛兰德狮子是对等的。他沿着黑色马裤侧面的裤线加织了一溜儿白色羽毛，穿上后隐约展露出了日后玛利亚奇歌手的神姿。华尼辛得到了大厨们的宠溺。他经常把自己打扮得像个游行队伍里的圣人，穿着这一身奇装异服跑到厨房去翻动家禽瘦骨嶙峋的脖子以及腋下。要是他觉得哪只家禽的羽毛合适，他会跪下来，从腰带里掏出一对小巧的镊子，将遮住眼睛的头发吹开；他带着令人抓狂的专注劲儿，将中意的那一片羽毛拔下；厨师们已经知道，被华尼辛选中的家禽必须要挪到晚餐菜单中，因为在午饭之前他的拔毛工序肯定是完不成的。数小时后，他会兴高采烈地回到店铺里，通常带着方才丰收的羽毛：虽说是丰收，但其实数量并不可观，几乎铺不满汤盘。有时候，他左看右看也找不出一只中意的家禽，旁人也无法预料哪些材料在华尼辛眼中能成为制作国王披风的最佳原料。某些日子里厨师们没有烹饪家禽的打算，但就算如此他也会在厨房里停留一阵，靠在墙上以免挡住别人的去路。他用崇敬的眼神打量着来去于灶边的一坨坨巨大的肉块。他常问“这是什么肉”？厨师答“小牛肝”。回到家里时，他会一知半解地和儿子讲国王今天的晚餐是“小鱼钹”。“什么是‘小鱼钹’？”“一定是种会吡吡作响的动物，某种陆生的大牡蛎吧。”华尼辛用纳瓦特语向孩子解释道。

当教皇保罗的邀请函抵达基督教文明的边缘地区时，虽然在旧皇城辛祖坦废墟中兴起的布雷佩查村落还远不成熟，但是所有人早已称呼华尼辛为“堂迭戈”了。而堂迭戈依旧身着绣有菠萝图案的棉衬衣，脚穿托莱多靴，自认为走在欧洲时尚潮流的前沿。此时他已学会用拉丁语交流和阅读；可惜他那副当炮兵时受损伤的耳朵，使得他的拉丁语极不正宗。“你看看。”巴斯克·德·基罗加边说边将刚刚拆封的教皇来信递给他。织羽匠读了信，手指沿着一行行文字移动。“我和你一起去，”读完后他说，“这样我就可以拜见卡尔洛斯了。”

对于旧时的神灵们，堂迭戈并不怀念。对堂迭戈来说，宗教信仰是生活给予他的惩罚，与这些信仰之间的关系也多为象征性的，仅仅体现在祭神仪式上：不管是向地球四角的四个泰兹卡特里波卡神还是向三个大天使和耶稣献上自己的作品，这些仪式对他来说都一样空洞而徒劳。“我们必须叫他拿撒勒的耶稣，不能仅仅是耶稣吗？”“塔塔”巴斯克常常问道。他十分喜欢和这位印第安人聊天。“堂基罗加，但是耶稣就是来自拿撒勒啊。你知道，我希望你能叫我堂迭戈。我受洗可不是为了当你的小秒。”“小猫，堂迭戈。不是‘小秒’是‘小猫’。”新的宗教信仰令他感到欣慰的一点在于，焚香和祝圣仪式仅在周日举行并只持续一小时。“我过几‘猫’就回来。”每次他去参加弥撒前，都会在店里说这么一句。另外，新宗教的祈祷仪式也并不要求将龙舌兰的尖刺扎进腿里。而圣餐仪式最激动人心的时刻仅仅需要吃一小块未发酵的面包，而在莫克特苏马统治的宫廷里人们得吃煮人肉：比起其他肉类，人肉很有嚼头，但就是调料过多。献祭心脏血柱喷涌，头颅被掷向意识迷离的人们，被斩去首级的尸体滚下台阶：所有这一切，他都不怀念。

但他仍念念不忘阿兹特克政府统治下的秩序和卫生：恪尽职守的警察；在朋友堆里的归属感，虽然这个小圈子所统治的世界并不大；还有母语带来的安全感，人人都说纳瓦特语。另外，他一直感到难过。不论现在的处境多么舒适快活，他宁愿入侵从未发生，宁愿他的双亲寿终正寝而不是因围城被活活渴死；他希望妻子没有被特拉斯卡拉人强奸致死，希望双胞胎女儿没有被西班牙人的恶犬生吞；他希望能够将战斗中牺牲的兄弟和堂兄弟们的尸体亲手埋葬，希望他们的妻子们没有沦为奴隶而被迫将襁褓之中的婴儿们投进河中，无法看着他们长大成人。

当特诺奇提特兰城的浩劫开始时，华尼辛和他的大儿子躲在“托托卡里”农场中。科尔特斯因喜爱织羽工艺而放了两人一条生路。失去一切的华尼辛重新开始，他觉得自己用曾经优越的生活换来现在的另一套特权。虽然儿子永远都不能进入祭祀学校并光荣地梳起顶髻，但他现在不必上战场；虽然儿子再也无法读到那些令阿兹特克成为伟大帝国的诗歌，也无法享受因身为神圣艺术家在宫廷中得到的优待，但是他现在可以欢快自由地在马背上驰骋，得到很多新奇且令他颇为喜爱的东西：鞋子、牛肉、绣有菠萝图案的华贵衬衫。菠萝成为代表华尼辛家族的标志。放在莫克特苏马统治时期，这样做会被认为是对国王不敬，会被处以极刑。

“不必了，”巴斯克·德·基罗加说，“我想我还是单独去比较好。参加会议的都是主教，目的在于拯救教会。和科尔特斯带着吉卜赛篷车去取悦国王那次可不是一码事。”织羽匠耸耸肩，说：“需要什么尽管说。”“我可能需要什么呢？”“我也不知道。向教皇献上一个牧童？”“‘牧童’？”“让教皇抽他，为了表示我们的忠诚。”“普通人不可以接近教皇陛下。”“当然了，正因为他是教皇啊，但是我肯定他的那些主教们会抽他。”“不是‘抽’，是‘召’他，‘召唤’的‘召’。”“对对，‘抽’他。”‘不需要什么‘牧童’吧。”基罗加神父继续和华尼辛调侃道。“为什么不？”“华尼辛，因为教皇是上帝忠诚的仆人，而且他有八十岁了。”“找个合适的‘牧童’才行得通啊！”华尼辛一边总结，一边皱着眉头、摸着最好剃掉的稀疏胡须。“你认为什么样的‘牧童’适合献给教皇呢？”“漂亮的。”印第安人回答道。然后，他泰然自若地和主教道别：“下雨了，我要回家了。”

虽然华尼辛属于辛祖坦治疗小镇，但是他决定将禽舍和织羽店建在距小镇有些距离的地方。基罗加下令在布雷佩查皇宫遗迹上建造医院，但是对于这位印第安人来说这并不是什么好主意。“我不会在幽灵成堆的地方建‘托托卡里’，这对鸟儿们来说简直是判了死刑。我们会在夜晚工作。因为只有在晚上，当我们吃了很多蘑菇之后，才会出现不可预知的幻觉。这样我们才能美滋滋地工作。”基罗加被他说服了。事实的确如此：为了最为精准地把握并丈量美丽珍贵的羽毛折射光的效果，艺术家们大部分都在夜间工作，工作地点的光也是可控的：房间不可以有窗户，唯一的光源就是点燃的蜂蜡纸。“我已经挑选好建造店铺的地点了，”华尼辛对基罗加说，“诶，不如这样，你来帮我写一份地契吧，毕竟你是做律师的。”

店铺的地址被选在一片斜坡谷地，高处是覆盖着黑色松海的山边，谷底则是河畔。这片谷地和其他定居点相距甚远，完全与世隔绝：祖母绿般的草地被羊群啃食，能在天边瞭望到远山。这是基罗加在帕茨夸罗河流域附近见过的景色最宜人的地方。也可以说，不管是在基罗加眼里还是在我眼里，这都是世界上最美的地方。“你打算在哪里建店铺呢？”主教问织羽匠。印第安人直指谷底最高处：“我要你给我写的地契，是这一片山谷的还是店铺的？”“在美楚肯不存在地契一说，”神父回答道，“这里的一切大家共有。”“我这么问是因为这谷地属于某个布雷佩查人，”华尼辛说，“可他们只想在这里种瓜放羊。”主教思考片刻，回答道：“你可以在这里建商店，但前提条件是你必须搞一个织羽小镇。”“‘套’一个小镇出来？可我身边只有一个儿子可以帮我啊。”“招些布雷佩查人。”“你的意思是让我教他们如何编织羽毛吗？”主教点点头。“如果我答应了，你就给我写地契吗？”基罗加哼了一声，摇摇头说：“我只能给你一张创办者证明。”“给我的小店弄个地契总行吧？”“不行。”

之后的几个月里，另外一名自称代表堂迭戈·德·阿尔瓦拉多·华尼辛以及新成立的“不远村”利益的公证员，在大主教管区的前厅从日出等到日落，还是被基罗加拒之门外。终于，主教写了地契，将他打发走。那时他才意识到，在那片他曾经和织羽匠一同去过的完美谷底，店铺已经拔地而起。除了店铺之外，那里还有五个家族的宅院以及一个公共食堂。

第三盘第五局

公爵眼睁睁看着伦巴第人猛地击球入网，那一瞬，他愤然将自比赛开始以来努力保持的沉着冷静抛在脑后，高声骂道：“狗杂种！”巴拉尔凑到他耳边低声说：“头儿，咱们这边情况还不赖。”两人一辈子都没见识过如此迅猛的抽球：速度如此之快，球几乎消失在空中；打法如此精准，似乎球不是被打进网的，而是被墙一口吞了进去。

公爵要求比赛暂停，然后把他的宠儿招来。诗人仍感觉到胜利在他的指尖逗留，并坚持认为对手刚才打出的扣球只是意外而已。“从比赛开始，咱们就看出来他一直试图扣球，”他对公爵说，“试了这么多次他才成功。全靠运气。”公爵摇摇头。巴拉尔伸出一只手指头，求主人准许他说句话。“你想说什么？”主人问道。“还有一种可能就是，他牵着咱们的鼻子，引诱咱们把剩下的钱全押上。”诗人脸上露出一丝怀疑，说：“那个男人被宿醉弄成废人了。他这么折腾就是为了赢几个子儿？我不这么认为。”“呸！”公爵说，“从现在开始，你发球的时候别想着出下旋球了。瞄准球廊尽头，他就不会离看台太近而不得不发高球。”

诗人回到自己那侧球场。“接球！”他没有打出下旋，球速也很慢，像个气球般飘到边廊顶远处的角落里。他目送着球飘起来。等球开始下落时，他意识到自己的力道真是恰到好处，球不偏不倚击中他所期待的地点。接下来，网球弹跳的轨迹可能会变得古怪，落在一个别扭的位置，而意大利人为了接住球将不得不猛扑过去，力求打出个反手。

公爵大喊“守住看台！”双眼试图抓住画家闪烁的目光。画家微笑着退到底线后，右臂已经伸到身体左侧，准备反手击球。西班牙人向后跑去。当他眼见网球像子弹般向他射来，不得不缩回脑袋。球应声入网。“米兰人自动赢得此局！”数学家说，“三比二！”

关于乌托邦牧师的法衣

前来神庙祭拜的人们全部身着白色长袍，而神父的法衣则是五颜六色的。和质地相比，法衣的做工和剪裁更精良。刺绣图案的原料并非金线或宝石，而是各种鸟类的羽毛。这些羽毛被匠人的高超手艺巧妙地编织在一起，比世上最昂贵的布匹更具价值。设计和摆放这些羽毛的过程，则展现了某些黑暗之谜。

托马斯·莫尔

《乌托邦》

一五一六年

教皇的牧童

华尼辛在山坡上所搭建的一切都是为了专攻织羽工艺。他之所以允许羊群进入领地，是因为它们可以啃食修剪草坪并将蛇和地鼠赶走。夜里，堂迭戈的徒弟们拎着棍子揣着石头，到所有不愿放弃捕鱼或种瓜行当的当地人家里让他们滚蛋。

小村子距离辛祖坦很近，规模也小，因此一直没有正式的名字，或许也可能华尼辛和"塔塔"巴斯克心里取了名字但从未和别人提过。在那份主教签发的破地契里，村子倒是被受洗为"不远村"。为什么叫"不远村"呢？是为了纪念一驾马车：在印第安织羽匠拜访西班牙宫廷时，这架马车载着他行走于托莱多的主广场、塔拉韦拉德拉雷纳镇和阿兰胡埃斯王宫之间。华尼辛就是在那时候第一次听到"不远村"这个词，还以为是个地名。

实为巴斯克·德·基罗加私人领地的大主教管区下属所有社区中，图帕塔罗是这位主教的最爱，因为它位于新西班牙最富饶的那片土地上。比起艺术社区，他更善于从生产部门的视角来进行规划建设：世上所有一生独裁的统治者皆如此，生性使然。

但就算如此，他会趁着拜访辛祖坦医院的午后空闲，绕道不远村消磨时光：阳光从湛蓝的群山后洒落，先人的魂灵趁着湖水片刻的死寂穿过，还有那经羊群修整一新的祖母绿草坡，以及不知从何处突然冒出来的一群孩童们。如果他可以，他一定会将大主教管区建在图帕塔罗并住在那里，而不是现在的帕茨夸罗河畔。但是他忍不住想到，如果他一直做个好神父，也许会在不远村终老。

从远处望去，基罗加注意到一些变化：之前用树棍和棕榈叶搭成的茅屋，现在换成砖房了；工坊也初具规模，刷白了墙体，用瓦铺了房顶；珍禽农场“托托卡里”也办得有声有色。他走到一群正在公共餐厅辛勤工作的妇女身边，向她们问好。“店里的男人都去哪儿了？”他问道。其中一位不懂卡斯蒂利亚语、只会说纳瓦特语的妇女告诉他，迭戈把男人们全带走了，并且已经让他们闭门工作了整整十一天，连女人们去送饭都不许见一面。“这么干下去的话，”另一个女人用卡斯蒂利亚语说道，“孩子们可就变野了。”“他们到底在忙活什么？”基罗加问。“你晓得堂迭戈鼓捣的那套神神秘秘的把戏，”一个布雷佩查妇女用卡斯蒂利亚语说，“他呀，骨子里到底还是个墨西加人！”“纳瓦特这个部族喜欢把事情搞得七上八下。”主教就此总结道。“你说得太对了，”印第安女人答道，“总是把事情搞得‘七零八落’。”听了女人的话，主教琢磨着，华尼辛除了建立了一个织羽店和工坊之外，估计还加盖了另一个工坊：为了传授胡编乱造出来的西班牙语。

女人们给基罗加在桌边让出来一个座位："'塔塔'，快坐下来吃些东西吧，过一会儿孩子们就回来了。"虽然晚上他还要和苏马拉加派来的使者共进晚餐，但基罗加实在无法拒绝一大份美楚肯玉米卷饼对他的诱惑。使者会晚些到达医院，此行的目的是为了和基罗加讨论新西班牙主教们在特伦托会议上应占据什么样的职位。

这件事情的背景很复杂。卡洛斯一世支持将德国和英格兰的异见主教加入到会议中来：前者是他的走狗，而邀请后者是因为他和亨利八世交情颇深，一想到无法和亨利一起打网球他就受不了。因为上述原因，让新西班牙主教们参加会议是必要的，特别是巴斯克·德·基罗加：他基于英国人文主义的思想在帝国远疆的边缘建立了一个成功的社区，而这位人文主义学家恰好还是亨利八世的桂冠顾问。可是在当时的新西班牙，还没有人得知英国国王已下令斩首莫尔，人们也不知道此事令卡洛斯一世在特伦托会议上地位难保：罗马已经出现为日后反宗教改革而牺牲的第一位殉道者；他被迅速地推上神坛，以至于新旧西班牙的主教们最终还是没能参加特伦托会议。

但是这些我们都知道。我们，生活在一个过去和现在同时发生的世界：撰写历史就是为了令我们相信甲事件导致了乙事件，相信历史的发展符合逻辑。一个没有神灵的世界是历史中的世界，也是和这个故事相似的所有故事中的世界：相似的历史和故事让人们感到秩序带来的安慰。基罗加那个时代的世界（或者说基罗加所创造的世界）令人头昏目眩并且杂乱无章，在唯一被认可的上帝的掌心上生长。而其他在暗中活动的众神们，为了能够获得世间的某种意义加入混战。帕茨夸罗河流域仅仅是一滴上天的涎液。而在这一滴涎液中，所有的神秘都被揭开，好似梦境。

吃完最后一个玉米卷饼后，他走到门边，看着太阳在河水和山丘背后落下。孩子们正从湖边往家走：这是一群说着混有布雷佩查语、纳瓦特语和卡斯蒂利亚语等语言的孩子；基罗加的孩子们，被他当成上帝之子的孩子们。向妇女们道谢后，他沿着祖母绿色的山坡走着，不时拍打叮咬脖子的蚊子。在路的尽头，华尼辛为工作要来的蜡烛所发出的烛光从紧锁的大门底部透出。

主教不记得华尼辛最近有织羽任务。是何等浩大的工程能令艺术家将自己和学徒们闭门十一天呢？他拍拍手，一是为了赶走挡住去路的羊和羊羔，二是为了通知织羽师傅们他来了。他屏住呼吸，敲敲门，喊道："堂迭戈，是我！'塔塔'巴斯克！"一位织羽匠给他开了门：此人满脸惊讶，紧咬牙齿，一副魂不守舍的样子；显而易见，就像那些妇女说的那样，他已经连续工作了十一天，睡得少，吃得也不够。"我可以进来吗？"主教问。眼圈红肿的华尼辛骄傲地冲他微笑着。他的微笑让神父经常感到有些不寒而栗：工艺天赋令他幡然觉醒，然后猛然间化为行动，一下子在基督教上帝的土地上横扫出一条大道；最终证明这里的人们并不需要什么上帝。“快请进。”他似笑非笑地说，一口气把头发吹开，令工坊点亮的烛光一颤。

进了屋，主教看见桌子上摆放的一堆织羽：他一辈子都没有见过精致到如此令人惊讶、如此震撼而炫目的东西。“这是什么？”他问印第安人。“献给教皇的‘牧童’。”“‘牧童’是普通的农家小伙子。”印第安人的措辞令主教瞬间落入语言和政治的不堪，他有些不悦。印第安人耸耸肩：“如果你想要的话，我们可以给他做个欧托米毯子，但是我觉得这个‘牧童’比它好多了。”

主教走上前，将其中一小片织羽拿在手中。“小心，胶水还没干。”印第安人说。“这是头饰嘛？”“复活节主教法冠”，织羽匠说，“为了献给我们的节假在圣周期间戴。希望他能记起我们：他的武士们。”“是我们的‘陛下’，不是什么‘节假’。”主教说。他并不是为了纠正织羽匠的西班牙语，而是为了指出配得上这个神圣形容词的只有一人。“华尼辛，你这么做让我们担当不起啊，”他说，“你是个虔诚的上帝信徒。”“虽然你不喜欢蘑菇，但是它们的确管用。你想吃吗？我记得我们吃剩下一些。”“什么品种的蘑菇？滑石菇还是小鸟菇？”“两种都有。”“我吃小鸟菇吧，一点点就行。待会儿我还要和人见面呢。”

他们走出工坊，看着最后一丝日光从天边褪去。两人一直沉默不语，直到基罗加突然注意到草地开始呼吸，湖面也化为一扇可以看到旧世界众神的窗户。众神们在赛球，面对灭顶之灾的降临却浑然不知。“很美滋滋吧？”华尼辛对主教说，一把将他从恍惚中拉回现实。“那些树啊，我亲爱的堂迭戈，那些树。看到它们的树叶逐渐肥美，是多高兴的一件事！”“瞧你现在这副样子，终于做好准备来欣赏‘他的节日’的主教法冠了！”印第安人边说边大笑不止。

《美楚肯的语言艺术》

"用玫瑰花做球的球赛" – "Tsitsiqui apantzequa chanaqua. "

"将两三只球抛向空中然后用手接住的球赛" – "Tziman notero tanimu apantzen mayocxquareni."

"用手传球的球赛" – "Apantzrqua chanaqua."

"用膝盖顶球的球赛" – "Taranduqua hurincxtaqua."

"用臀部传球的球赛" – "Taranduqua chanaqua."

马图利诺·吉尔贝蒂神父[1]

1558 年

① 马图利诺·吉尔贝蒂（Maturino Gilberti, 1507—1585），法国前往墨西哥的方济各会传教士。

第三盘第六局

“你唯一能够获胜的机会就是将球发在房顶边缘，”公爵说，“他们一直在戏弄咱们。但是他总会失手，你回球时可以将他杀个片甲不留。”诗人咬着下嘴唇，一言不发。他摇了摇头说：“奥特罗，你有什么好点子？”护卫耸耸肩：“用你的身体将看台挡住。”“遮挡可是犯规啊。”诗人指出这方法不可行。“街上的比赛规则就允许，如果对方准备将球击入看台，不管你用什么方式截住球，都算你赢。”诗人挑起眉毛。“这样我真能赢？只有疯子才会这么做。我要是去截球，胳膊会被网球砸断的。”“用你的后背啊！”“行不通，太高了。”恼羞成怒的公爵抱怨道：“不管你怎么做，赶紧赢了比赛！”

“接球！”诗人发出一记强有力的好球，网球击中了对面场地的某个角落。画家居然接住了这原本无力回天的发球，猛击，直捣看台。诗人顿感绝望无力，跳起来准备用身体挡住对方的抽球，结果脑门被球狠狠砸中。

诗人被砸得失去了意识。恍惚间，他隐约听见从意大利人的观赛席里传来的阵阵欢呼，还有那冷血的数学教授喊的一声“双方各赢得三局”。

对比赛结果并不确定的公爵回头看看巴拉尔。“他说的没错，”士兵对数学家的统计表示肯定，“街上的规矩。”“看来，要来一局突然死亡了。”西班牙贵族说，语气里充满了对诗人勇气的赞许。“对，只要诗人刚才没被球砸死。”他手下的雇佣兵补了一句。

七顶法冠

与对梦境的描述一样，对于艺术品的描述让故事暂时停滞，并令人得以从中吸取它们的精华。如果一件艺术品得以潜入历史被编织的进程并将其改变，这艺术品便可以成为故事的一部分。如果一件艺术品如弥留的梦境般值得我们铭记，是因为这艺术品代表了历史的一个盲点。艺术和梦境得以在人类的世界流传至今，并不是因为它们将世界推向对自身有利的方向，而是因为它们得以令世界停住脚步：它们是一句插入语，一道沟渠，一瞬的停歇。

或许，我们应该来一场旅行般的回顾。全程将停靠七次，我们将欣赏到七顶由堂迭戈·华尼辛工坊制作并由七个博物馆收藏的主教法冠。博物馆包括托莱多大教堂、维也纳人种学博物馆、埃斯科里亚尔修道院、佛罗伦萨的银器博物馆，以及卡拉瓦乔曾拜访过并见到法冠的米兰大教堂圣工场。另外还有两个博物馆，也就是法国里昂纺织博物馆和纽约的美国西班牙裔协会。这两个地方收藏的法冠与前面五个相比更破旧。在这七顶美艳非凡的高帽法冠上绘有耶稣受难的场景，那是米却肯印第安织羽匠食用毒蘑菇后致幻的产物。其中一顶法冠的主体图案是圣约瑟的家谱，另外六顶则是写有缩写“IHS”和“MA”的标志。每个标志的中心均为字母“M”，上面画有似乎被钉在树上而非十字架上的耶稣。

那顶保罗三世交给教皇庇护四世、庇护四世又在科罗纳宫展示给圣卡洛·博罗梅奥的法冠（之后卡洛的表弟费德里科在朱斯蒂尼亚尼家避难时，立刻戴着这顶法冠赶到罗马主持大斋节）或许是七顶法冠中保存得最为完好的。除了与复活节有关的各种传统图案（包括纪念柱、楼梯、长矛、耶稣受难像、荆棘冠冕等），卡洛·博罗梅奥的这顶法冠上还织有圣人们从另一个世界借来的灵感。鸟儿、树、云，如天使般飞翔的生物，以及编织并衬托着天主教人物形象的各色光束。在当时的墨西哥，这些形象被以一种可笑而肤浅的方式强迫墨西哥人接受，小小的身躯被放置在一个以独有的方式观察世界的神经系统里。从母亲的画押字里升起的孩子，他的躯体不再是人类历史上那具饱受折磨的躯体，而是化作那只在战斗中死去、重生后飞翔向太阳的鸟儿。花、种子和身披鸟羽的生物们并非装饰而是字节，属于另一个宇宙的字节：在这个宇宙中，一袭轻纱将尘世和天界相隔，这轻纱便是人类那易被摧毁的意识。

卡洛·博罗梅奥的法冠囊括了世间万物，绚丽多彩的极端程度超出了当时欧洲人的想象。试想卡拉瓦乔在米兰大主教的罗马办公室看到这件工艺品时那崇拜的眼神，或是发现法冠上的图案并非画在棉布上（就像他之前设想的）而是用另一种材料编织而成时的惊讶。这种有机材料使图案显得更加立体，用手指触摸还会改变色彩的明暗：随着羽毛的拂动展现在人们眼前的小径，射出了一道光。

在堂迭戈展示工坊制作的羽毛法冠之前，巴斯克·德·基罗加已经见过无数羽毛工艺品了。之前这些工艺品的图案均由神父设计，印第安人所做的仅仅是上色。但是今天在堂迭戈的工坊里，基罗加眼前那几顶被烛光照亮、在蘑菇催生的幻觉中盎然绽放的法冠，化为了七个鲜活的火柱——这倾泻的火光随着神灵们的呼吸而摇曳。在过去甚至现在，这些无言而冷漠的神灵们正不停地编织着花毯，将我们包裹并揽入怀中。

罗马的阳光在下午四点直射进窗户。卡拉瓦乔一定想过，是时候将《水果篮》中大主教工作室墙壁的绘制暂时放下。为了端详今天的成果，他一定边向后退了一步，边将画笔裹在棉布中收好。然后，他一定在裤子上将手指头抹干净。接下来，凭着在黑暗幽闭的画室中追逐光线反射时的敏锐感觉，他一定注意到屋里的那顶法冠居然自己发起光来，像是活了。

蘑菇的致幻效果令巴斯克·德·基罗加双眼射出外星飞碟般的光芒，紧紧盯住七顶法冠的图案。他感到法冠的鸟羽在轻拂他的睫毛。他看到画中的人与物被赋予了灵动的生命，如一个巨大的蜂群一般，一切生命都是如此鲜活，一切行动都按部就班。鸟儿安静地飞翔着，天使们不断地撒下种子般的点点星辰。太阳是大地母亲的新生儿，从她神圣的阴户破土而出后被射入天际。基罗加挑中了之后被卡拉瓦乔看见的那顶法冠。他将它拿起，说道："我会亲自将这顶法冠献给教皇保罗。"

卡拉瓦乔伸出手，将架子上的法冠取下。写有"IHSMA"的五角形在他的瞳孔中金光闪闪，穿有蓝色圣袍的诸多人像令他目不暇接，仿佛在指引他如何纵览全局。他摇摇头，帮助在梦中的自己挣脱出来。他将法冠拿到一个光线可以直射的位置。就在这一瞬间，整个法冠发出了烈火般的炫目光芒。这红色光芒！卡拉瓦乔思索着，试图解释这未燃之火背后的神秘，这炫目之光为何没有令他双目失明。这红色光芒！巴斯克·德·基罗加对华尼辛说。五颜六色的人像在上帝的双眸下移动，但他们脚下那红色的光芒就是上帝本身，是上帝神谕。"是的。"织羽匠肯定道。

诗人睁开了双眼，眼前一片血红。他摸了摸被网球砸中的眉骨，那里被扯开了一道伤口。他感觉围在身边的众人一阵嘈杂，便将手举起来示意一切都好。

卡拉瓦乔将法冠歪过来，看到上面的人像都活了。他们的脸庞发生了变化。而耶稣庄严神圣地在水中游泳得以救赎自我，救赎那些在战斗中死去的人们——不论这些人在何种战斗中死去，而这部小说就是战斗。他的眼睛半睁半闭，只有这样他才能看清将画中人紧紧缠绕、由红色枝叶和树杈织成的背景。他想，这顶法冠的制作者不论是谁，他一定读懂了上帝的设计。当周围变得安静，诗人说：“我要继续打。”他明白，这场和画家之间的较量并不是比赛，而是一场献祭。印第安人微笑着，露出令神父认为颇似武士利齿的牙齿。“这红色是大地的鲜血，是世界的血管，”主教说，“是上帝的设计。”“蘑菇起了作用，”堂迭戈说，“给堂苏马拉加带去一顶。他看到后，就会派你去见我们的‘节假’了。你是代表我们印第安人的最佳人选。”诗人站起来，捡起地上的网球和球拍，在眼前的血海中游动的一个个人影都从球场退下，带着敬意。这不是一场比赛。因为在结束时有人必须死去，那个人就是今晨那个年轻的自己。而重生之后，他会蜕变为一名倔强的天主教徒、排犹分子、反同性恋者、西班牙国家主义者——双生胎中的那个暗黑使者。他揉揉脑袋。眼前一片血红。卡拉瓦乔重重地坐在费德里科·博罗梅奥办公桌边的椅子上。他的目光追寻着法冠的红色背景，他觉得自己似乎听到了某个古老魂灵的乞求：它来自冥界；它代表着失败者，而他们在坚信“胜者为王”的对手及其愚蠢偏狭的行径面前落败；它代表着本不应从世界销声匿迹的人们。消逝的名字，尸骨的遗尘。他自己的尸骨躺在托斯卡纳的沙滩。华尼辛的尸骨躺在帕茨夸罗河畔。除了纳瓦特人和布雷佩查人的魂灵，还有伦巴第人的魂灵——他们在一千年前被罗马人摧毁，就像罗马将墨西加人摧毁，之后会将诗人也摧毁。他听见有人说：“你是代表我们的最佳人选。”接球！

突然死亡

球“嗖”地中了。在罗马，卡拉瓦乔再次赢得了胜利。

参考文献笔记

就像所有书一样，《突然死亡》中的大部分内容是其它书籍和文献的产物。在文体允许的情况下，几乎所有书籍和文献的名称均在小说行文中出现。但是以下两本米开朗基罗·梅里西的最新传记，对本小说的创作必不可少：《卡拉瓦乔：神圣而世俗的一生》（*Caravaggio: A Life Sacred and Profane*），安德鲁·格拉汉姆－迪克森（Andrew Graham-Dixon）著；《M：那个成为卡拉瓦乔的男人》（*M: The Man Who Became Caravaggio*），彼得·罗伯（Peter Robb）著。虽然这层关系现在已经一目了然，但安德鲁·格拉汉姆－迪克森在书中首次将卡拉瓦乔的斩首油画和他在罗马的死刑判决联系起来。彼得·罗伯的贡献在于另一个联系，也就是伽利略与梅里西的思维模式之间的联系：两人是同一个系统中的两个极点。关于妓女菲丽德·梅兰德罗尼在艺术家创作中的地位，两位传记作家所进行的调查和研究也成为了本书的重要话题之一。还有一些参考文献对我来说至关重要，无可替代，比如海涅·吉尔梅斯特（Heiner Gillmeister）的《网球的文化史》（*Tennis: A Cultural History*）以及希思·德·邦特（Cees de Bondt）的《意大利文艺复兴时期的室内网球》（*Royal Tennis in Renaissance Italy*）。此外，还有亚历桑德拉·卢索（Alessandra Russo）关于西班牙征服美洲时期物质文化研究的贡献，尤其是她为墨西哥城的国家艺术博物馆策划的展览“飞翔的影像：墨西哥和欧洲的织羽艺术”（*El vuelo de las imágenes: Arte plumario en México y Europa*），令我产生了写下这部作品的想法。小说中提到的小部分史实出自卢索的研究和雷纳塔·阿格（Renata Ago）撰写的《赏物：十七世纪罗马艺术品史》（*Gusto for Things: A History of Objects in Seventeenth-Century Rome*）。

致　谢

感谢由纽约公共图书馆提供的多萝西和路易斯·B·库尔曼中心学者和作家奖金，感谢普林斯顿大学拉丁美洲研究项目。此部小说在意大利的作家之家完成。作家之家隶属于福斯迪诺沃马拉斯皮纳城堡的“移动的城堡”项目。